星之魔法少女 ☆6

宿命之戰

車人 著

新雅文化事業有限公司
www.sunya.com.hk

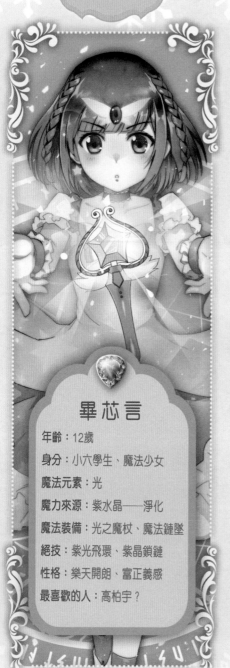

畢芯言

年齡：12歲

身分：小六學生、魔法少女

魔法元素：光

魔力來源：紫水晶——淨化

魔法裝備：光之魔杖、魔法鏈墜

絕技：紫光飛環、紫晶鎖鏈

性格：樂天開朗、富正義感

最喜歡的人：高柏宇？

希比

年齡：13歲

身分：波拉蘭國戰士、魔法少女

魔法元素：火

魔力來源：紅水晶——禁鎖

魔法裝備：鳳凰之弓、鳳凰連弩

絕技：火鳳凰穿雲箭、星火之箭

性格：認真謹慎、勇敢剛強

最擅長的事：料理

林芝芝

年齡：12歲

身分：小六學生、魔法少女

魔法元素：水

魔力來源：藍水晶——轉化

魔法裝備：魔法手套、魔法眼鏡

絕技：冰花飛濺、水之光環

性格：溫婉害羞、聰明伶俐

最重視的朋友：畢芯言

鎐玥

年齡：12歲

身分：小六學生、魔法少女

魔法元素：雷

魔力來源：黃水晶——復原

魔法裝備：雷電套索

絕技：電灼光華、電光星閃

性格：靈敏活潑、好勝心強

最討厭的東西：昆蟲

高柏宇

年齡：13歲

身分：小六學生

魔法元素：風、火、水、土、光

魔法裝備：炎神之刃、
　　　　　魔法指環、
　　　　　納米戰甲

性格：果斷堅毅、外冷內熱

決心守護的人：畢芯言？

黑暝領主——納妮

真正的身分是黑暝秘域的公主，與
露露公主從小便是好朋友，二人亦
是大魔法騎士的學生。

星空王域的公主——露露

星光寶石守護者，自從星光寶石
破碎後便告失蹤。

安雷爾・普名

柏宇的爸爸，也是魔幻國的大魔法
騎士。知識淵博，魔法力量強大，
行蹤飄忽。

騰騰

（原名亞古力多克司）
星空王域的守護精靈，外形像小
兔子，能夠使出時空魔法。

毛毛

冰雪王域的守護精靈，能變大成
北極熊那樣，擁有暴擊神力。

熒熒

森林王域的守護精靈，是燃燒着
魔幻之火的鳳凰，能幻化成百發
百中的鳳凰之弓及鳳凰連弩。

泠泠

海底王域的守護精靈，長得像
海蛞蝓，能變成透明的雲朵，
自在地在天空和海底滑翔。

爵尼勒

黑暝軍團的頭號將領，在芯言和
柏宇穿越時空裂縫回到過去時，
曾跟二人成為好朋友。

賽斯迪

黑暝軍團的魔法騎士，爵尼勒的
弟弟，能夠操控迷惑人心的魔法，
曾多次敗給一眾星之魔法少女。

目錄

長着翅膀的信箋

　　一封長着翅膀、印有七瓣花徽章的信箋從通往魔幻國的缺口飛到芯言的面前。

　　芯言打開封蠟後，一段猶如天籟的樂曲竟從信封內傳出，旋律悠揚輕快，每個節拍都彷彿帶動着無形的力量。

　　聽到這首熟悉的樂章，芯言的臉上露出了喜色：「是樂悠壺的聲音！」

　　「我從未聽過這麼美妙的樂章！」熒熒陶醉地傾聽着。

　　「我感覺到身體內不斷湧出魔法力量！」希比伸出雙手，嘖嘖稱奇地凝視着匯聚在她掌心的紅色光芒。

　　沐浴在有如天籟之音的樂曲下，各人的魔法力量漸漸恢復，剛才一戰的傷疲更是一掃而空。

　　「太神奇了！這一曲真是美妙得能夠牽動靈魂。」芝芝訝異地説，她的臉龐再次回復光彩的神色。

　　飄在半空中的音符像水母般幽幽浮現在芯言跟前，迷離地幻化成一堆文字：

　　眾星之魔法少女，時機已經成熟，決戰的時刻即將來臨。

首要的任務是救出被困於冰靈柩的柏宇，

唯有喚醒最熾熱的東西才能融化最堅硬的冰！

記緊，這同時是一個陷阱，你們要格外小心！

當芯言唸完後，文字漸漸散出金光，然後消失在空氣中。

「這魔法信箋是誰寄過來的？」希比問。

「是亞哈蘭格魔法學校的校長奧滋丁！」芯言激動地說，她的腦海裏立即浮現出校長吹奏樂悠壺那慈祥的樣子，她還記得在校園內跟校長傾訴心事的一幕。全靠校長的指引，她才能領略出屬於自己的魔法力量。

「自從芯言誤打誤撞解開了魔法噴泉的封印後，奧滋丁校長便回復了魔法力量。我們解除了魔法學校師生的石化魔咒，更把學校隱藏在光之魔法陣內，等待着預言中的星之魔法少女，準備一舉消滅黑魔法力量。」騰騰向大家解釋。

「我們得儘快去救柏宇！」芯言的心臟不禁怦怦狂跳，說着她便撲向結界的縫隙，卻被芝芝一手拉住。

「芯言，信箋裏已經說明這是一個陷阱！」芝芝憂慮地說，「通往魔幻國的入口一直被緊緊封印，現在突然任由我們隨意進入，敵人一定早已設下布局，我們還是別輕舉妄動！」

「林芝芝，難怪你每年都當模範學生了，老師沒有

下的指令總是不敢做！」站在一旁的鎔玥繞起雙手，故意提高嗓門挑釁地說，「那小子不知還能捱多久！」

「冰靈柩其實是冰雪皇族的墳墓⋯⋯」小牧低下頭，欲言又止，「一般人被困在那裏，如沒有足夠的魔法力量保護，身體很快便會凍僵，然後⋯⋯」

「柏宇⋯⋯還不去救柏宇，他的性命恐怕會有危險！」一想到身陷險境的柏宇，芯言便感到一陣撕心裂肺的疼痛，痛得不由得甩開了芝芝的手就要衝出去。

「芯言，我們先計劃一下如何營救，不要衝動地掉進敵人的圈套啊！」芝芝急着說。

「沒時間了！」一向冷靜的騰騰亦顯得異常緊張，「魔幻國正處於水深火熱，星光力量齊集的消息應該已傳到黑暝領主耳邊，我們不能再等了！」

「騰騰說得對，看來沒有其他辦法了！」希比皺起眉頭，望着面前隨時會關上的時空裂縫，「我們若不及時阻止黑暝領主，魔界的封印一旦打開，惡魔將會傾巢而出，到時無論是魔幻國還是地球都會慘遭牽連！倒不如乘敵方不備，馬上來個突襲吧！」

「可是現在的魔幻國絕不是你們曾到過的那個地方，誰知道我們要面對怎樣的敵人？敵方到底有多少魔獸埋伏？」芝芝蹙着眉頭，「要是連我們也遭暗算，就再沒有人能夠救出柏宇了！」

「膽小就是膽小，都這個時候了，仍要畏首畏尾嗎？」鎐玥揚起眉毛，一副輕佻的語氣道。原本她對參與這次任務並沒興趣，可是看到芝芝後忍不住與她唱反調。

「雖然我對這高傲的丫頭沒有好感，但她說的話不無道理。與其在這裏磨蹭，不如行動最實際。」熒熒說。

「幸好這裏只有一個膽小鬼，要是再不去救那個小子，他註定變做一尊冰雕了！」鎐玥掠過芝芝的身旁，大步跨入時空裂縫，證明自己無畏無懼。她着肩膀上的守護精靈說：「泠泠，你來帶路吧！」

「你們別衝動啊！我們還是先好好計劃一下吧！」芝芝喊住半邊身鑽入了魔幻國的鎐玥。

心有靈犀的希比和熒熒相視點頭，然後跟着鎐玥穿過去。

「我是被選中的星之魔法少女，與魔界終將一戰。況且無論多困難，我也一定要救出柏宇！」芯言也主意已決，她沒有理會芝芝的阻撓，急步走進時空裂縫，小牧也緊隨其後。

「芝芝，我明白你的顧慮，可是這個時候，大家一定要團結啊！」騰騰對芝芝說罷，便向着芯言走去。

芝芝實在不知如何是好，她心裏不理解，明知前面

充滿危險，為何大家還要奮不顧身地衝過去？何不先訂下全盤計劃？胡里胡塗的亂衝亂撞，那麼成功的機會不是很渺茫嗎？

「如果你決定留下來，我會陪着你的。」毛毛垂下頭對芝芝說。

「毛毛……連你也覺得我做得不對嗎？」芝芝失落地拉着毛毛的手，問。

毛毛沒有回話，但當芝芝看到毛毛手臂上的疤痕，她頓然明白了。傷痕纍纍的毛毛和大家不顧安危闖進鏡像世界營救自己，他們只一心想着儘快救出同伴，根本來不及分析形勢，更不可能有詳細的作戰計劃。

「我真是太傻了！」芝芝想起在過往的經歷中，眾人各有優點與缺點，只要互相合作，互補不足，方法總比困難多，絕對沒有事情是解決不了的！

「芯言……等等我們啊！」想通了的芝芝豁然開朗，她一手拉着毛毛邁開步伐，剛剛趕及在時空裂縫關上前一刻走進去。

終於，四位星之魔法少女與她們的守護精靈，加上小牧穿過了時空裂縫來到魔幻國。

綿綿的白雪裝飾着世界，厚厚的積雪、沉甸甸的雲朵、茫茫的白霧，天地之間渾然一色，到處除了一片白雪，什麼都看不到。

「這裏很冷啊！」雪地裏的氣溫就似冰窖一樣，極目望去只有一片空洞的蒼涼，從不怕冷的希比搓着掌心，說話也冒出白煙。

「這是什麼鬼地方！」腳下的寒雪透心地冷，使鎔玥不由得打了個寒顫。

「這裏就是冰雪王域的邊境，是我的故鄉。」小牧不知何時換了一身保暖衣服，他輕輕揮手，在各人身上變出一條厚厚的皮革斗篷。

「謝謝你，小牧！」芯言抱着斗篷急急問，「冰靈樞在哪裏？」

「冰靈樞就在魔幻冰山高原之上。」小牧指着遠處連綿起伏的雪山當中那一座最高的山嶺。

望着氣勢磅礡的大雪山，芯言的目光卻堅定如鐵，她指示大家：「我們立即起行吧！」

「隆隆……」突然，一陣奇怪的聲音由遠至近傳來。

「你們聽到嗎？」燊燊問。

「是敵人嗎？」芝芝戴上魔法眼鏡後，探測到一股力量向着大家湧過來。

「數量似乎不少！」希比擺出防備姿態。

在雪地上，一襲黑影穿過薄霧出現在他們面前。

「果然有埋伏，我們被圍困了！」芝芝慌忙地望向

四周，妖精、魔獸，還有被魔化了的矮人族等，十數個蠢蠢欲動的敵人把他們團團圍住。

騰騰和毛毛立即前後擋在大家跟前戒備，燚燚也化身成希比手上的鳳凰之弓準備就緒。

「呵呵，不要跟我説笑了！」鎅玥處變不驚的繞起雙手，她聳着肩發出一聲嗤笑，「就憑這班低等魔獸想打倒我？看你們的樣子比童話故事裏的歹角更有趣，趕緊給我消失，我今天就不欺負你們！」

「鎅玥，別輕敵啊！」芝芝嚥下口水。

「哼！」鎅玥眉宇間滿滿都是自豪的神色，她掀起嘴角，就像在説「看我的好戲吧！」

「可惡！你這黃毛丫頭，我們好歹也是黑暝軍團，你竟敢瞧不起我們！」被氣得七孔生煙的赤目妖精露出尖牙咆哮，後面那羣猙獰的魔獸也亮出爪牙。

「好吧，既然你們想玩，我就當做熱身運動吧！」鎅玥伸展雙臂，露出一臉不屑的樣子高聲説，「一會兒可別向我跪地求饒！」

「嘎！」領軍的是全身覆蓋着蛇皮、長着一對可怕獠牙的矮人，他首先一躍而起，舉起尖利的長矛狠狠地刺向鎅玥。

鎅玥握起拳頭，手裏出現一條金黃色的套索。

「滋滋……」注滿電流的套索發出耀眼的金光，鎅

玥一起手便把蛇皮矮人手中的長矛打了下來。

　　蛇皮矮人心有不甘，馬上向其他矮人發號施令，數十名敵人紛紛撲出來，排成一字進攻。

　　「電光星閃！」鎐玥揮舞着長長的套索，巨大的雷電轟向還未來得及反應的蛇皮矮人，使他們通通被電焦，應聲暈倒在地上。

　　「倒是有一點本領，難怪她的嘴巴不懂得收斂。」熒熒暗暗露出不可思議的神情。

　　「來吧！我還有很多有趣的招式呢！」身輕如燕的鎐玥獨自跳過蛇皮矮人向魔獸下戰書，套索在她的揮舞下猶如行雲流水，一時堅硬如鐵棒，一時柔軟像皮鞭。

　　魔獸見狀紛紛退後，有些更是發出驚慌的抽氣聲，其中一隻長着兩雙翅膀的小妖精不服氣地回頭說：「哼，我已經上報你們的行蹤，你們等着看吧！」

　　「還要嘴硬！」鎐玥用套索緊緊纏住小妖精的尾巴，再用力一抽，便把小妖精拋到半空中，「讓我送你一程吧！」

　　「哇呀！我的尾巴着火了！」小妖精像一顆閃爍的流星劃出一道完美的弧線，悄悄墜落遠處的霧林裏。

　　剩下來羣龍無首的魔獸落荒而逃，不消一會，雪地再次回復平靜。

　　「鎐玥姐姐……原來你的雷電套索這麼厲害！」小

牧瞪大雙眼佩服地説。

「竟然懂得運用浮誇的攻擊招數，一下子嚇退這麼多的魔獸和妖精！」希比笑説，「鎐玥，有了你加入戰團，我們的勝算大大增加！」

「對呢，鎐玥不但魔法力量了得，還會使出誘退敵人的戰術，真是非常厲害！」芝芝露出敬仰的眼神。

突然被大家這樣稱讚，鎐玥一時間感到錯愕，耳朵也紅了起來。她慌忙回應：「只怪他們愚蠢吧！假如他們不放棄攻擊，必定能夠消耗我們的魔法力量。」

「謝謝你，鎐玥。」芯言望着鎐玥，感激地説。

「不過你們別誤會，我並沒説過要成為你們的隊友，我只是覺得有趣而已！」鎐玥轉身望向高高的山嶺説，「這個大冰箱內一定有更多埋伏，要是慢慢地走過去的話，説不定半路中途尚未遇上敵軍，已冷得變成堅硬的凍肉！」

於是騰騰把身體變到最大，毛毛也變成了大毛熊，説着：「大家騎上來吧！我們可以載着你們上山的！」

芯言帶着小牧騎在騰騰身上，芝芝和希比抓緊毛毛。

「鎐玥，快上來吧！」芯言向鎐玥招手，示意她坐在自己的後面。

「我才不要跟你們一起坐！」就在這時，啫喱狀的

泠泠變大身體，彷彿成了一片透明的雲朵，自在地在天空中滑翔。

　　鎐玥跳到泠泠身上，驕傲地說：「泠泠，給他們見識一下你的速度吧！」

　　「我會在山上等着你們！」話未說完，泠泠便飛上天空，如火箭般向着山上進發。

　　「哼，好大的口氣！」回復鳳凰形態的燊燊不甘示弱，她展開長長的翅膀，從後追趕鎐玥和泠泠。

　　「我們也不要落後，抓緊吧！」毛毛深深的吸了一口氣，強而有力的雙腿用力一蹬，全速趕上去。

　　「哈哈，好啦，那就來一場比賽吧！我肯定不會是最遲到達的！」騰騰也火速前進。

堅硬無比的冰靈柩

寒風呼嘯，雖然沒有下雪，但冷風卻像刀子一樣的割着肌膚。

這裏的氣溫比山下更低，四周除了雪，還是雪，凍得連一棵植物也沒有。大伙兒在白茫茫的雪地裏奔馳了好一段路，擊退了好幾隻零星的魔獸，終於來到魔幻雪山的頂峯。

一座晶瑩剔透的冰靈柩正豎立在他們面前。

「柏宇！」芯言激動地大叫，她想也沒想就從騰騰身上跳下來，衝向冰靈柩內沉睡着的柏宇，幸而被眼明手快的希比拉住。

「你看！」希比指着地上隱隱散發出黑魔法氣息的魔法陣。

「是邪惡的黑魔法結界！若不慎踏進去，你整個人也可能會被它吞噬！」熒熒提示説。

「那怎麼辦？」望着在冰靈柩穩穩沉睡的柏宇，模糊了雙眼的芯言再也忍不住放聲高泣，「柏宇，快醒來！」

此時，一道黑煙在冰靈柩前憑空而生，伴隨而來的是一股令人窒息的感覺。

「哈哈，全都來了！」黑煙裏頭冒出讓人不寒而慄的紅光，步出來的正是黑暝領主的頭號將領爵尼勒，亦是芯言在穿越時空時遇上的魔法學校同班同學安納。

芯言望向安納那熟悉的臉孔、鋒利濃密的眉毛、挺拔的鼻樑、柔順的深綠色頭髮，還有高大的身影，可那雙眸原本裝着有如繁星一樣閃亮的深綠色眼珠，如今恍如冰裂的水晶，不帶半點感情，還綻放出陰森的光芒，而他耳朵下方刻在脖子上那血紅咒文不斷閃爍，令人感到非常不安。

「安納！你記得我嗎？我是芯言啊！」零零星星的記憶被喚起，一下子席捲芯言的腦海。

「世上已沒有安納這個人了！」爵尼勒身上鑲嵌着黑色水晶的斗篷在寒風中簌簌作響。

「安納！你是否有什麼苦衷？你是否被黑魔法迷惑了？」芯言歇斯底里地追問。

「不要再叫我安納！被迷惑的是你們才對，黑暝領主重新賜予我生命和名字，只有她才配得上主宰魔幻國，支配整個宇宙！」

「不會的，我們一起對付過褐色斗篷，還有喀邁拉！難道你都忘記了嗎？」空氣裏是肆意流動的寒風，芯言揪着心胸，痛苦地道，「冰靈柩裏頭的是當天與你惺惺相惜的柏宇啊！為什麼你要把他冰封住？」

「這小子為了打開通往魔幻國的通道，強行使用他不懂操控的禁忌魔法以致昏倒，使我不費吹灰之力就把他制伏！」

「你在魔法學校內一直是最優秀的學生，所有師生都以你為傲，你總是充滿正義感，這樣的你不應該站在邪惡的一方！」

「現在的我不也令所有人臣服嗎？」爵尼勒的眼睛裏寫滿了憎恨與怨忿，苛刻的言語毫不留情地撕裂着芯言，「我們再不是昔日的戰友，所有跟黑暝領主作對的人都要消失！」

說罷，他從斗篷內抽出黑色魔杖，用力戳向地面，地上的魔法陣瞬間注滿黑魔法。

黑煙慢慢襲向在魔法陣中央的冰靈柩，裏面的柏宇仍然一動也不動。

「不要啊！」芯言委實不願意看到柏宇受傷。

「竟然讓我的弟弟賽斯迪受苦，我要你們親眼看着這小子步入地獄！」

「紫晶鎖鏈，淨化！」芯言喚出紫晶鎖鏈向着冰靈柩射出淨化紫光，就在紫光碰到黑魔法陣的一刹那，一道凌厲的氣流突然從陣內射出。

「芯言，小心！」就在迅雷不及掩耳間，騰騰趕過來推開芯言，避開反彈的黑魔法。

「紅晶星光力量，火鳳凰穿雲箭！」希比從後射出注滿紅光的箭矢。

「什麼？百發百中的火鳳凰穿雲箭竟然徒勞無功！」芝芝氣急地説。

「黃晶星光力量，雷電套索！」鎽玥揮舞着冷冷輸出電流的套索，可惜同樣被魔法陣彈回來。

所有攻擊在黑魔法陣的保護罩下完全起不了作用，裏頭的爵尼勒更是毫髮未損。

「無謂白費心機了！」爵尼勒眼中閃過一道冷若冰霜的寒芒。

芝芝架起魔法眼鏡，仔細端詳着魔法陣和裏頭的爵尼勒，可是完全找不到任何破綻，她在芯言耳邊細細地説：「既然不能打破保護罩，唯有把爵尼勒引出來！」

「糟了，柏宇的臉色越來越灰白，他⋯⋯不可以再等了！」毛毛緊握雙拳，使出巨熊拳往黑魔法陣外的雪地暴打，巨石般的重拳帶起有如狂風一樣的拳風，把白雪掀得飛起來，連地面也震顫連連，可是黑魔法陣依舊紋風不動。

「安納，求求你放過柏宇！」滿臉淚水的芯言感到柏宇的魔法力量漸漸減弱，她無力地跌坐在地上哀求，「只要能救出柏宇，我什麼都可以給你的！」

「為了他？」爵尼勒頓了一頓，嘴角泛起一絲不悅

的笑容，「就算是要你身上的星之碎片也沒所謂？」

芯言毫不考慮，沒有一絲懼怕，也沒有一絲動搖，隨即把雙手放在胸口，用奧滋丁校長教她的方法匯聚全身的魔法力量，然後慢慢收起了掌心，只見一道紫色的光從裏頭射出。

「不可把星之碎片交給他！」希比跑過來想阻止芯言，卻被從黑魔法陣內瞬間轉移的爵尼勒搶先一步。

爵尼勒推開希比，一手抓住芯言發光的雙手。

芯言拉開雙掌，眼前的並不是星之碎片，而是……

「什麼？」爵尼勒驚呼，當他發現自己被騙，正想甩開芯言之時，卻感到一股強大的吸力把他困住。

「古老的光之魔法至高無上……出來吧，神聖的光之魔杖！」芯言握着魔杖，以紫光團團包裹爵尼勒，「銀幻紫晶，淨化力量！」

「光魔法就是黑魔法的死敵！」騰騰大叫，「是好機會，大家快使出星之碎片的力量吧！」

「水幻藍晶，轉化力量！」

「迷幻紅晶，禁鎖力量！」

「玄幻黃晶，復原力量！」

芝芝、希比和鎰玥一起使出星之碎片的力量，四種力量匯聚而成的七色光源同時壓向爵尼勒，使他身上的黑魔法力量逐漸減退。

「不可能的！」爵尼勒感到溫暖的光魔法徐徐注入身體，與體內的黑魔法對抗着，那暈眩的感覺令他很想吐。作為黑暝軍團的頭號大將，他絕不可以就此被擊倒。

「可惡！」憤怒掠過爵尼勒那雙詭異可怕的眼眸，他大喝一聲，黑斗篷隨即鼓脹地來，原來他激起體內所有黑魔法力量暫時阻隔尚未成熟的星光力量。

「別給他逃走！」熒熒洞悉爵尼勒的計劃時已經太遲了，他早就施展了瞬間轉移的魔法。

「我會在黑暝堡壘恭候你們，你們下次可沒這麼幸運！」爵尼勒在消失的一刹留下了一段令人毛骨悚然的餘音。

隨着爵尼勒敗走，雪地裏的黑魔法陣亦同時消失。

「柏宇！你快醒過來！」芯言失控地跑到面如死灰的柏宇跟前，猛地拍打冰靈柩。

「小牧，要怎樣才可以打破冰靈柩？」騰騰問。

小牧也束手無策，他搖搖頭，道：「我不知道，冰靈柩本來是皇室的墳墓，堅硬無比，從來沒有人試過打破它的。」

「柏宇……」芝芝的眼眶也紅了。

「哼，還以為對付了那個壞蛋，冰靈柩就會自動破開！」鎝玥氣結地說。

「那麼我用巨熊拳擊破它吧！」心急的毛毛握緊熊掌，他吸了口氣準備向冰靈柩揮拳。

「守護精靈沒有常識的嗎？冰靈柩一旦粉碎，那小子也必然粉身碎骨！」鎔玥鄙夷地說。

「要怎樣才能救出柏宇呢？」芝芝用魔法眼鏡檢視着冰靈柩，卻找不到缺口。

「唯有喚醒最熾熱的東西才能融化最堅硬的冰！」芝芝想起奧滋丁校長信箋的提示，她皺緊眉頭問，「到底什麼才是最熾熱的東西？」

「熾熱的東西……是火？」希比靈機一觸，「熒熒，快用魔幻之火燃燒冰靈柩！」

「對了！」熒熒得意地說，「我體內的魔幻之火一定能夠融掉這塊大冰。」

眾人後退，好讓熒熒以高溫火焰燃燒冰靈柩。

熒熒展開翅膀，一邊圍着冰靈柩飛翔，一邊噴出熊熊烈火。

「不行！」希比看到高溫之下，冰靈柩絲毫沒有融化的跡象。

「嘿，剛才不是言之鑿鑿地說什麼一定能夠融掉冰靈柩嗎？」鎔玥故意揶揄熒熒。

「你真令人討厭！」熒熒被惹怒了，「你是否想試試魔幻之火的烈焰？」

「還是你想試一下變成炰焦了的乳鴿？」鎔玥的嘴巴絕不讓步。

「這個時候你們就別再鬥嘴了！救人要緊！」毛毛和泠泠擋在中間，免得她們真的動手打起來。

大家茫無頭緒，能夠嘗試的方法也試過了，即使用上了星光力量，還是不能打開冰靈柩。

「柏宇……你快醒醒……」芯言從未止住抽泣，緊緊抱着冰靈柩的她虛弱地呼叫着。

時間一秒一秒地過去，冰靈柩內柏宇那微弱的氣息也漸漸消失，冰冷的空氣中懸浮着令人氣餒的氣味。

「芯言……他已經……」小牧把臉垂得不能再低，他不忍心望向淚如泉水的芯言。

「不會的！不會的！柏宇！你不可以放棄的！」芯言爬起來聲嘶力竭地呼喊。

跟芯言心意相通的騰騰垂下長長的耳朵，他同樣感到難過極了，但他實在無計可施。

「討厭鬼……」芯言激動地拍打冰冷的冰靈柩，「你別鬧着玩了……」

芯言的痛觸動了星之碎片，她流下的眼淚竟然注滿了光元素，看上去就像是發出閃光的寶石一般，一串串滑落在雪地上。

冰靈柩內突然泛起一束淡淡的光，似乎是感應到芯

言的吶喊。

「他……他手心的紅光是什麼？」毛毛指着柏宇的手掌。

「是魔法指環……不，是炎神之刃啊！」燊燊不敢置信地凝望着那持續增強的光芒。

「你們看！柏宇的臉色再次紅潤起來！」希比欣喜地叫道。

「柏宇！」芯言失落的神情再度綻放喜悦的光彩。

柏宇手心的光芒繞着他慢慢流動，不斷擴大，使冰靈柩開始滲出冰水。

「冰靈柩正在融化呢！」眼前的景象不由得令小牧驚呼。

「對了！炎神之刃的火就是最熾熱的東西！」泠泠興奮地説。

「莫非……是芯言的愛喚醒了炎神之刃？」芝芝雙手搗着嘴巴，感動地叫道。

一道強烈的紅光從柏宇身上散射而出，照亮了整座雪山。

「大家小心，冰靈柩好像快要破開！」小牧指着冰上延伸出的裂痕。

「啪啦——」

沉重的過去

「柏宇……柏宇……別再睡了，你快醒來……」柏宇的耳邊響起了一把熟悉的聲音，令他感到非常安穩。

「是誰啊？我睡得正酣呢！」

「再不起來我就不理你了！你這個討厭鬼……」

「是你嗎？遲鈍怪……」柏宇的意識逐漸從迷糊中清醒過來，他微微睜開眼皮，從縫隙裏看到朦朧的光線。

「柏宇！你終於醒來了！」

柏宇甩了甩頭，抵住那莫名的暈眩感。當他的視線回復清晰的那一刻，首先映入眼簾的是一張令他放心的臉孔。

「芯言？」

芯言的眼角泛着晶瑩的淚水，笑容卻燦爛而溫暖。

「你為什麼哭？是誰欺負你？」柏宇蹙起了眉，虛弱地伸出手拭去芯言的淚。

「除了你還有誰？」緊皺眉頭的芯言終於換上平日的笑臉，「你差點永遠變成冰雕！」

柏宇抬起頭環視四周，看到典雅的壁畫、耀目的冰晶，還有亮麗通透的天花。

「咦？這是什麼地方？」柏宇狐疑地抓了抓腦袋，待他緩緩撐起身來，才發現自己正躺在一塊巨大水晶石上。

芯言連忙扶住柏宇：「我們在魔幻國的冰雪宮殿內，剛才冰雪公主維莉、海底公主蒂莎和森林公主芭亞合力運用高階的治癒魔法替你療傷。」

「療傷？」柏宇實在糊里糊塗。

「原來你什麼也不記得呢！」頭上戴着一堆珊瑚和珍珠髮飾的海底公主蒂莎笑説，「你被爵尼勒冰封在冰靈柩內，是你的朋友們把你救出來的！」

「是芯言呼喚出炎神之刃，用最熾熱的火把冰靈柩融化！」變回小兔子模樣的騰騰跳到芯言的肩膀上，看着一臉茫然的柏宇。

「你竟然能呼喚出炎神之刃？」柏宇訝異地望向芯言。

「大家都猜這是愛的力量吧……」騰騰轉了轉脖子，偷偷笑道。

「騰騰你別胡説！」芯言整張臉泛紅起來，她慌忙地掩着騰騰的嘴巴，然後轉個話匣子，「柏宇，安納是怎樣把你困住的？」

腦袋還未轉醒的柏宇憶述：「我也記不清楚，只記得在研究魔法陣時屋子突然冒出濃濃的黑煙，我用風之

魔法仍驅散不了，不消一會我便慢慢失去知覺。迷迷糊糊之間我看到一個人影出現，其他的事……我已記不起了。」

「安納說你用上了禁忌魔法，最終抵受不住那力量而暈倒，你該不會真的使用那種可怕的禁忌魔法吧？」芯言試探地問。

「啊……因為急着找法子打開魔幻國的封印，所以我……」柏宇知道瞞不到芯言，唯有和盤托出。

「你怎麼可以做這種令人擔心的事，萬一出了什麼岔子，我……我……」芯言氣得說不出話來。

「對不起……」

「呵呵，剛才真的很危險，這小子昏迷不醒，他手中的炎神之刃卻不停地噴出火焰魔法。」森林公主芭亞提起誇張的裙擺走過來看看柏宇，蓬鬆的火紅色鬈髮隨着她身體的扭動而飛揚，她臉上帶着熱情的微笑，「如果我們再遲一步，恐怕整座雪山都會被炎神之刃的烈火融化！」

「他體內的魔法潛能絕對不能小覷，」海底公主蒂莎笑說，「維莉，幸好我們及時趕到，否則你的冰雪王域後果不堪設想呢！」

冰雪公主維莉坐在白水晶打造的寶座上輕輕點頭，她身穿寶藍色輕紗緞面禮裙，鋪蓋着冰珠與雪花，配上

一頭銀白的髮髻盡顯尊貴。維莉公主感到柏宇體內的魔法力量漸漸恢復，於是說：「看來你現在已經沒大礙了。」

「謝謝你們，剛才就好像做了一個漫長的夢。」回復氣息的柏宇向三位公主道謝。

希比、芝芝、毛毛和燊燊這時剛好從外頭回來，大家連忙奔到柏宇身邊。

「剛才差點嚇死我們了！」芝芝望着一臉惘然的柏宇，苦笑說。

「真……真對不起……」柏宇想起之前在自己的家厲聲喝斥芝芝，他尷尬地往別處望，卻迎上了一雙凌厲的眼眸。

「你……你不是隔壁班的鎐玥？」柏宇感到一頭霧水，「你這打扮……該不會是最後的星之魔法少女吧？」

「哼！」鎐玥裝作沒聽到，自顧自倒了杯熱茶。

「對呢！」希比笑了，「她就是我們苦苦追尋的黃晶星之魔法少女！」

「旁邊的就是她的守護精靈泠泠了！」毛毛向柏宇介紹着外形像海蛞蝓一樣，渾身能發電的泠泠。

「這麼說，所有星之碎片已集齊了嗎？」柏宇心頭一緊，焦急地問，「三位公主，你們知道大魔法騎士的

下落嗎？」

「大魔法騎士？安雷爾・普名？」海底公主蒂莎對柏宇的提問感到奇怪。

「嗯。」柏宇忐忑不安，「他曾與黑暝領主對戰，他……」

冰雪公主維莉看出柏宇與大魔法騎士有着特別的關係，於是答：「他是魔幻國的大魔法騎士，那場大戰後當然沒有大礙！」

「真的嗎？」柏宇放下心頭大石。

「之前黑暝領主派手下把我們囚禁，我們三位公主全是由大魔法騎士救出來的，」森林公主芭亞眼珠兒轉了轉，她托着腮，「這個時候，他應該還在尋找露露公主。」

「那太好了！」芯言握住柏宇的手，雀躍地說，「我早說過你爸爸一定吉人天相的！」

「噢！原來你是他的兒子啊！」森林公主芭亞和海底公主蒂莎露出錯愕的目光，異口同聲地說。

就連冰雪公主維莉也對柏宇另眼相看，心想：「難怪他擁有這麼優秀的魔法潛能。」

就在這個時候，另一封長着翅膀的信箋從外頭飛進來。

眾星之魔法少女，第二個任務是找回真摯的心，

在最黑暗的深淵喚醒被掏空了的情感！

魔法學校已作好準備，路上會與你們會合！

芯言唸出奧滋丁校長的第二封信箋後，半空中的文字也同樣化作星塵。

「想不到奧滋丁校長竟然能把魔法學校隱藏得這麼好，難怪我們一直打探不到。」海底公主蒂莎打心底敬佩着說。

「喚醒被掏空了的情感？到底是什麼意思？」芝芝一邊接過小牧捧來那熱呼呼的巧克力熱飲，一邊推敲着。

「看來你們對黑暝領主的背景不太了解，」森林公主芭亞搖搖頭，「連敵人的身世也不清楚，又怎麼能夠對付她？」

「我們知道黑暝領主就是原來的黑暝公主，她遭黑魔法迷惑……」芯言說。

「可是邪惡的魔界多年來也未能入侵魔幻國，為什麼突然能夠衝破黑暝秘域的禁鎖？」希比疑惑地問。

海底公主蒂莎皺了一下眉頭，再輕輕歎了一口氣，道：「維莉，不如你向他們解釋一下吧！」

「魔幻水晶藏在魔幻國的地心，是支撐着五塊領土的魔法力量泉源。在魔幻水晶保護下，魔幻國一直隱藏在宇宙中不被侵擾。不過有正就有邪，無處不在的黑魔

法力量總是對魔幻水晶虎視眈眈。」冰雪公主維莉說罷，輕揮魔杖，宮殿一下子變換成浩瀚宇宙，點點繁星恍似美麗的寶石發出閃閃光輝，一個美麗的星體從遠到近呈現眼前。

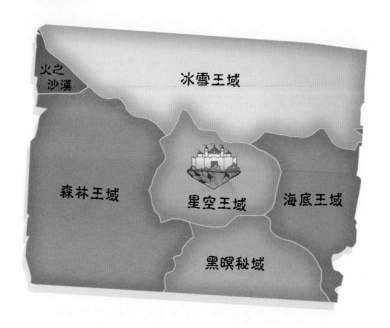

火之沙漠

冰雪王域

森林王域

星空王域

海底王域

黑暝秘域

冰雪公主維莉指着其中一塊領土，說：「坐落在黑暝秘域中心有一個神秘缺口，這裏是魔幻水晶力量最薄弱的地方。魔界早就察覺到這個缺口，多次大舉由這裏入侵魔幻國。

「最先發現這個缺口的是許多年前某一代的黑暝公主，她知道如果黑魔法力量染污了魔幻水晶，到時將會

危及所有人的生命，甚至整個國度都會遭到控制。她與其餘四位公主商議後，終於想到借助魔幻水晶的力量創造一把『魔冥之鎖』，把缺口緊緊封鎖住。而解開『魔冥之鎖』的鑰匙，就由世世代代的黑暝公主負責看管。」

「『魔冥之鎖』就是魔幻國最後的防線！」站在冰雪公主維莉身邊的小牧補充說。

「星光寶石是由魔幻國五個地域的力量集結而成的寶物，它是一種能操控所有魔法元素和魔法力量的法寶，更是唯一連繫魔幻水晶的神器，由星空王域歷代的管治者保管。」冰雪公主維莉繼續說。

「黑暝公主受黑魔法所惑，以為黑暗力量能助她壯大，可惜她終究把持不住，成為了黑暝領主。」海底公主蒂莎皺着眉說，「她打碎星光寶石的目的就是為了令黑魔法力量有機會染污魔幻水晶，造成今日的局面。」

「為什麼黑暝公主能夠打碎星光寶石？難道強大的星光寶石對付不了她？」芝芝不解地問。

「星光寶石雖然是由露露公主保管，但單憑她一人之力是無法施展星光寶石真正的力量，」森林公主芭亞回應，「納妮深知這個漏洞，於是乘露露不備向她突襲，並擊碎星光寶石。」

「納妮其實也很可憐，她與露露一直都是最好的朋

友，一心想得到更大的力量保護大家。可是這想法反而令她誤入歧途，不幸陷入這次災變當中。」海底公主蒂莎深深地歎了口氣。

「可憐？她憑什麼以為自己能夠凌駕恐怖的黑魔法力量？她根本就是太貪心、太愚蠢，才會讓魔界有機可乘，引致魔幻國落入如此險境！」森林公主芭亞狠狠地反駁。

「如今我們應該怎樣做，才可以拯救魔幻國？」希比問。

「若要拯救魔幻國，那就必須把你們身體內的星之碎片集合成完整的星光寶石，再次封印黑暗力量，」冰雪公主維莉說，「要是失敗了，星光寶石被徹底銷毀，魔界大門將會重新開啟，後果實在不敢想像。」

「可是……連大魔法騎士也不是黑暝領主的對手！」柏宇記起二人在魔幻森林對戰的一幕，「我們真的能夠擊敗她？」

「哈，這樣聽上去相當好玩！」一直默不作聲的鎤玥終於說話，她向來討厭自己的實力被質疑。

「我們只要同心合力，一定能封印黑暗力量，喚醒黑暝公主！」芯言充滿決心地說，「各位公主，我們一起前往黑暝堡壘作戰吧！」

「不，我們還有更重要的任務，」海底公主蒂莎搖

搖頭說，「魔幻國每個王域都有魔法力量的象徵，黑暝領主之前把這些力量逐一封印，使我們不能好好運用所屬王域的魔法力量。你們已經破解了星空王域魔法噴泉的封印，還燃點了森林王域的魔幻之火，剩下來那海底王域的魔海珍珠和冰雪王域的魔雪冰花，就由我們來解除封印吧！」

「黑暗勢力將大舉來襲，這是最關鍵的時間，」森林公主芭亞續道，「我們分頭行事，完成任務後便立即與你們會合！」

「騰騰、焱焱、毛毛、泠泠請聽命，我們將會提升你們體內的魔法潛能，保護星之魔法少女的責任就交託給你們了！」冰雪公主維莉說罷便聯同其他兩位公主把力量貫注在守護精靈身上。

「謝謝公主！」

鎔玥的秘密

由於要避過高階魔獸的追捕，他們不能使用時空傳送門，只可徒步走向黑暝堡壘。在三位公主護送下，一眾星之魔法少女、守護精靈，還有柏宇終於來到黑暝秘域的邊界。

眼前是一片樹木高聳入雲的森林，天空被厚重的雲霧遮擋，光線彷彿濛上一層混沌的塵埃，周遭聽起來帶着幽幽的回音。

「我們只可把你們帶到這裏來。」海底公主蒂莎說，「穿過這森林就是黑暝堡壘。」

「一切小心！」森林公主芭亞叮囑道。

「好的，你們也要小心。」芯言說。

陰寒的森林帶着一陣青苔混雜着腐木的氣味，地上滿是粗糙的沙泥和縱橫交錯的樹根，還有長得奇形怪狀的植物。

「等等！我探測到裏頭有大量魔獸在埋伏！」正當鎔玥踏入黑暝秘域的一瞬，芝芝把她叫住。

「別嘮叨了！」鎔玥不耐煩地往前走，「已經來到這裏，難道你想回家做個睡寶寶？」

與此同時，一團烏黑的煙幕突然從空中下降，把他

們團團圍住。

「蝠眼鼠！」那些蝠眼鼠的眼睛閃動着詭異的紫光，牠們拍打着黑色翅膀，向他們發起攻擊。

「火焰球！」

「冰之壁！」

「紫晶鎖鏈！」

「鳳凰之箭！」

「雷電套索！」

柏宇與一眾魔法少女分別使出魔法迎戰，被魔法擊倒的蝠眼鼠頓時化作一陣青煙消散。

芝芝透過魔法眼鏡，凝視前方説：「我們施展的星光力量太耀眼了，一定會引來很多魔獸與敵人，不能硬闖進去。」

「守護精靈經過幾位公主的引導，力量變得強大多了。只要迅速行動，應該可以突圍而出！」希比説。

「就是嘛，痛痛快快地速戰速決吧！」鎔玥手握雷電套索，充滿戰意。

「芝芝的話不無道理，假如惹來魔獸大軍，我們未到達堡壘已耗盡力量。」芯言説，「柏宇，你説是嗎？」

「星光力量的確非常引人注目，不過你們放心，我有方法避開敵人的注意。」柏宇隨即朝前方伸出左手，

他低喚，「遁地術！」

魔法指環應聲閃現土黃色的光芒，地面隨着這道光漸漸下陷，打開了一條地道。

「是土系魔法？」芝芝驚訝地説。

「對，是前幾天從《魔法大全》學會的。」柏宇首先踏入地道，轉身説，「來吧！深入土地作防護就像隱身一樣，最能隱藏星光力量的氣息！」

「還有哪種魔法是柏宇不會的？」熒熒覺得不可思議，喃喃地説。

「他的確是一個潛力非常驚人的魔法師！」希比笑了，心想：「真不愧是大魔法騎士的兒子。」

「太好了！」芯言和芝芝立即跟上去，「那就不怕敵人的埋伏了！」

「鎐玥，你和泠泠先走吧，由我來殿後。」希比對鎐玥説。

「隨便你！」鎐玥不悦地帶着泠泠走進地道。

由魔法築起的地道十分神奇，它像一條透明的管道，抬頭即可以看到地面的動態。在黑暝秘域內的魔獸與妖精數目實在非常多，其中不少亦非等閒之輩。鎐玥此刻明白芝芝不是懦弱，只是她嘴裏不肯承認硬闖森林並非上策。

走着走着竟走了半天，他們已來到黑暝秘域的中

心，還有一段路就會到達黑暝堡壘。

「是四眼獅子，還有魔化了的梵爾蘭麋鹿！」芝芝望向上方，探測着敵軍，「牠們都是非常厲害的魔獸！越接近黑暝堡壘，魔獸的等級就越高！」

「哼！誰要你解說！」鎐玥冷哼一聲，她突然感到小腿有一陣酥麻的感覺，「這是什麼？」

一條黏稠稠的赤紅色東西正在鎐玥的腳上爬。

「小心！是千腳毒蟲！」芝芝把視線滑落至鎐玥的小腿。

「別說笑了！我最……最害怕的就是滑溜溜的臭蟲了！」臉色發白的鎐玥驚慌得猛地踢腿，連呼吸也隨之變得急促，「快快……快替我拿掉！」

誰料千腳毒蟲竟然鑽入鎐玥的皮膚。

「鎐玥，別動！」騰騰急叫，千腳毒蟲是一種生活在地底的罕見昆蟲，擁有致命的劇毒。牠們平常不會攻擊別人，但遇敵便會鑽進對方的身體肆意噬咬。

「鎐玥，別再動了！」泠泠趕緊飛到鎐玥的耳邊，可是鎐玥已驚慌得什麼也聽不到。

「嘩！」頭昏腦漲的鎐玥從小就害怕蟲，她抓狂地踢腿，使千腳毒蟲加速沒入肌肉之內。

「凝結吧！」芝芝在最危急關頭向鎐玥施展冰魔法，把千腳毒蟲連同鎐玥的腳冰封起來。

鎐玥一時站不穩跌倒在地，一動也不能動，原本慌亂的她漸漸回復意識。

「嗄……嗄！」看着被冰封了的千腳毒蟲在皮膚上若隱若現，鎐玥嚇得差點昏過去，「現在怎麼辦？」

「芯言，你可以把冰封了的千腳毒蟲淨化嗎？」芝芝問。

「嗯！」芯言拿出光之魔杖，「紫晶星光力量，淨化！」

成功淨化後，芝芝迅速解除冰魔法，這時千腳毒蟲已變回一條細小的幼蟲，蠕動着身體爬離鎐玥。

「這是什麼鬼地方！不能避開那些討厭的臭蟲嗎？」驚魂未定的鎐玥高聲大吼。

「這條地道可是昆蟲的家，你小心點別踏上牠們便成了。」柏宇沒再理會鎐玥，只管轉身繼續前行。

「剛才你的樣子很有趣，你連巨大的魔獸也不怕，竟然畏懼小小的蟲兒！」熒熒找到取笑鎐玥的機會，決定要好好挫一下她的鋭氣。

「住口！我不管了！我要離開這討厭的地道！」鎐玥呼喊，她伸手把雷電轟向上方，卻沒法子破壞柏宇的土魔法。

「你別這樣子！冷靜一下，我們替你驅趕所有昆蟲吧！」希比按着鎐玥的肩膀，讓她冷靜下來。

「我不理！我不要留在地道！」

「我們不能停下來的！」熒熒沒好氣地說，「地面有很多高級別的魔獸，比那些小蟲可怕一千，不，一萬倍！絕不可以因為你的任性而令所有人陷於危險！」

鎹玥發現她的魔法力量沒法動土魔法分毫，深深不忿下徒手打向地道的保護牆發洩。

「看來鎹玥真的很害怕昆蟲。」芯言擔心地跟芝芝說。

芝芝想了一會，再用魔法眼鏡探視四周，終於發現在不遠處的高地有一個隱蔽的地方。她指着前方說：「我們已走了一整天，大家也累了吧？半公里外有個地方適合藏身，我們不如在那裏歇息和補充體力吧！」

「也好！」芯言明白芝芝的心意。

芝芝望向身後的鎹玥，道：「鎹玥，我們多走一段路便返回地面吧！」

泠泠輕聲安慰：「鎹玥，這是最好的方法……」

「知道了！」愛逞強的鎹玥不肯示弱，她皺着眉頭環視幽暗的洞穴，縱使心底不願意，也只能邁開步伐向前走，「還等什麼？趕快出發吧！」

於是眾人加快腳步，趁黑夜尚未完全降臨前向着高地進發。

回到地面天色已晚，濃郁的夜色把無邊的森林籠罩

在一層深灰色的暗影裏，整個黑暗大森林瞬間沸騰了起來，所有魔獸都興奮地不停嘶叫，叫人毛骨悚然。

他們一到達那個隱蔽之處，就結起魔法保護結界，由大家輪流看守。經再三考慮，他們決定在這裏休息一晚，明天才繼續上路。

柏宇和芯言築起魔法帳篷，希比在為大家準備晚飯，守護精靈忙着找尋食物。

「你好點沒有？還在害怕嗎？」芝芝見鎐玥悶悶不樂的坐在一旁，便走過去問候。

「我才沒事。」鎐玥別過臉說，「我不會感謝你的。」

「別誤會，我只是想陪你一起值班。」芝芝在鎐玥的身旁坐下來。

「你知道了我最害怕的東西，心底一定樂透吧！」鎐玥一臉不爽。

「不，我一直想跟你說句謝謝。」芝芝說，「在鏡像世界的時候，要不是你及時出現，我們早被吸進幽暝囚牢了！」

「救你們並不是我的本意，我只是想打敗那自負的傢伙！」鎐玥隨口答道。

「無論如何，我還是要感謝你。」

「算是打和吧！當時你也在千鈞一髮間為我擋下

致命的一擊，」鎐玥若有所思地説，「那時的確很危險。」

「看到賽斯迪向你發動攻擊，我也沒有考慮太多，是很自然的反應呢！」芝芝遲疑了一下，還是鼓起勇氣説，「其實我心裏有一個疑問令我相當困擾……」

「你竟然也有想不明白的事情？」鎐玥出乎意料地説。

「到底……到底你為什麼會這樣討厭我？」

「是我討厭你，還是你先看不起我？」

「這……這是什麼意思？」芝芝問。

「莫非你忘記了？」鎐玥雙眼沒焦點的望着遠方，她輕輕説，「一年級的時候，我聽説鄰班有一位同學每科測驗都獲得滿分。出於好奇，我在小息時走過來跟你打招呼。」

「哦？我……沒印象呢！」

「我可不會忘記！你一直也沒回應我，甚至連望我一眼也不屑。」鎐玥繼續説，「你可能認為我這種人配不上跟你説話吧！」

「不……不是這樣的。」芝芝連忙揮手否認。

「你父母是出色的人物，校長老師也對你特別關顧，你擁有最好的一切，學業上又有補習老師幫忙，你想要什麼就有什麼，當然可以拒絕跟什麼人説話啦！」

「你就是因為這樣不喜歡我？」芝芝瘦小的身影微微動了一下，她從沒想過是自己懦弱的性格傷害了鎔玥。

「我自小就跟着外婆生活，所有事情都靠自己打理，沒有人會幫忙。即使我考到最好的成績，也不會得到家人的嘉許。我不明白為什麼這樣不公平，而每次看到你，就讓我更加討厭這不公平的世界。」鎔玥說出了心底話。

「你誤會了……那個時候的我是個孤僻的怪人，每當有陌生人跟我說話，我便會害怕得發抖，腦袋更會一片空白。」芝芝說，「我從來沒有看不起你！」

「你是說真的嗎？」鎔玥半信半疑地道。

「被大家寄予厚望的感覺其實一點也不好，」芝芝托托眼鏡，低頭苦笑，「我的爸爸媽媽真的很優秀，所以他們經常會拿我跟其他人比較。當我的成績表中有任何一項不是滿分，他們就會想盡方法要我改善。所有他們安排的補習班，我也無法拒絕。為了逃避接踵而來的溫習與補習班，我唯有更加努力取得滿分。」

鎔玥默默聽着，她漸漸了解芝芝的內心世界。

「從小我就是一個怕事膽小的人，雖然成績很好，卻沒有自己的個性，既不懂得跟別人溝通，也不敢表達自己的感受，沒有人願意親近我，」芝芝斜睨着在忙的

芯言説，「後來認識了芯言，她從不嫌棄我像個啞巴，鍥而不捨的鼓勵我，讓我學會欣賞自己和勇敢面對陌生人，是她改變了我的人生。」

「她怎麼可能改變你的人生？」鎔玥跟隨芝芝的目光轉向芯言。

「芯言是一個很特別的人，她有時很懶散，有時很軟弱，有時卻很堅強，又有着令人意想不到的毅力。她對事物的熱誠和對朋友的重視，每每令我覺得自己有許多不足。因為除了成績比較好外，別的事情我也及不上她。她總是告訴我，雖然不能選擇外貌，但可以展現笑容；不能改變天氣，卻可以改變心情。是芯言把我的生命注滿活力，或許這就是生命影響生命吧。」

芝芝續説：「當我知道芯言成為了星之魔法少女，我就下定決心，無論如何也要與她互相扶持。還有希比啊，她是波拉蘭國的戰士，個性勇敢而溫柔。鎔玥，相信你會喜歡跟她們做朋友的！」

鎔玥望着芝芝，她發現過去的自己原來有着這麼深的誤會，她開始為自己對芝芝抱有敵意感到愧疚。

「一直以來，我追求力量是為了得到認同，而你是為了保護朋友……」鎔玥的説話帶着淡淡的酸澀。

「鎔玥，其實我一直很羨慕你，」芝芝露出欣羨的笑容，這句話的聲音不大，但是在這寂靜的夜晚卻是如

此清晰，直直地陷入鎞玥的心房，「你總是自信滿滿的，目光充滿活力和神彩。你反應比我快，身手更是敏捷。跟我這種書呆子相比起來，真是厲害一百倍。」

「芝芝……我以前這樣戲弄你，你不惱恨我嗎？」鎞玥沒想過芝芝竟不計前嫌，反而懂得欣賞自己的優點，她對芝芝的大方感到越發慚愧。

芝芝搖搖頭，道：「鎞玥，文武雙全的你是我的學習對象。如果你不介意，我們以後多些一起溫習，一起遊玩好嗎？」

鎞玥突然轉過頭。

「鎞玥……怎麼了？」芝芝問。

「沒……沒什麼，你別靠過來……」一股熱淚湧上鎞玥心頭，她已經很久沒試過這種被人關愛的感覺，向來驕傲自負的鎞玥，怎麼能讓身邊的人看到自己脆弱的一面？

芝芝看到鎞玥的身體微微抖動，於是牽着鎞玥的手，說：「我一直覺得眼淚這東西很奇怪，疼痛的時候可以忍住，疲累的時候也可以忍住，可就是感到快樂時，怎麼忍也忍不住。你說是嗎？」

鎞玥感動地點頭，二人的隔膜終於解開。

「飯菜做好了！」希比說話時已傳來香噴噴的味道。

「太好了，我整天也沒吃過什麼！快要餓死了！」銘玥摸着肚子説。

「你真有口福，希比是有名的廚師，任何食材到她手中都可變成珍饈百味！」芝芝拉着銘玥走過去。

「咦，你們和好了嗎？」熒熒看到二人手牽着手，不禁好奇地問。

「我們從來都沒有不和呢！」芝芝做出一個調皮的表情。

「大家快過來吃飯吧，我快餓扁了！」毛毛在火堆前向大家招手。

希比的廚藝的確令人大開眼界，熱呼呼的濃湯和野菜暖入心頭。

「帳篷也搭好了！我們待會兒輪流休息吧！」芯言從帳篷走出來，欣賞着自己的傑作。

「我在冰靈柩裏休息夠了，我一個人守在外面吧。」柏宇撐起腰，充滿精神。

「明天將會是決定命運的一日，我們大家都要好好準備，補充體力和精神！」騰騰告誡着大家。

「嗯，無論面對的敵人有多厲害，結果將會如何，我們也要盡最大的努力！因為我們就是被選中的星之魔法少女！」芯言雙眼閃出無懼的決心，她的堅定總是能夠感染身邊的同伴，把希望帶給大家。

「我們一定會成功的！」眾人就像注入強心針，戰意一下子變得高昂。

「鎦玥，你是什麼時候成為星之魔法少女？」柏宇突然改變話題。

鎦玥與泠泠相視對望，心有靈犀地說：「只是在不久之前吧！」

「你通過了怎樣的考驗呢？」希比好奇地問。

「我朋友一向不多，平時最喜歡到公園餵飼流浪貓，跟牠們傾訴心事。每次看到貓咪的高傲神態，就覺得牠們像在告訴我，無論如何也要保持自我。」鎦玥捧着熱湯，她看着熊熊的篝火，思緒一時飛回過去，「有一天，我如常拿着牛奶來到公園，可是一直等不到貓兒的影蹤。後來一隻前爪受了傷的花貓一拐一拐地走到我跟前，還咬着我的襪子，彷彿想引領我到某個地方。」

「那你怎麼辦？」芝芝問。

「我跟着牠來到一條小巷，卻聽到一些淒厲的哀叫。」鎦玥皺着眉，「原來有幾個人拿着樹枝在欺負數隻初生的小貓咪！」

「太可惡了！我最討厭欺凌弱小的人！」芯言生氣地道。

「我大聲喝止他們，可是他們竟然反過來向我喝斥，還說了一些難聽的話！」

「莫非你單人匹馬教訓他們？」柏宇試探問。

「雖然我絕不會輸給他們，但我選擇了另一個更合適的方法。」鎐玥嘴角微微向上揚，「嘻，誰叫他們太過輕敵。」

「別賣關子了，那是什麼方法？」熒熒催促着。

「方法其實並不複雜，就是利用社交網絡去警惕那班不良少年。」

眾人屏住氣望着鎐玥，靜待她解説。

「我去阻止他們前早已開啟網上直播，把他們欺凌小動物和對我呼呼喝喝的惡行拍攝下來公諸於世。」鎐玥揚起眉，「一如所料，有些看到直播的人馬上趕來營救，讓我和小貓咪能夠安全離開。」

「很果斷的做法！」毛毛稱讚鎐玥説，「既解決了問題，又不會令自己置身危險。」

「那班不良少年嚇得狼狽地逃走，相信他們以後也不敢再胡作非為！」

「換着是我面對同樣情況，一定害怕得不知所措！」芝芝説。

「就是這麼一回事，加上她敏捷的反應力和決斷力，鎐玥就順利通過了愛心的考驗！」冷冷眼神露出讚許。

「我印象中的鎐玥跟『愛心』怎麼好像有一點距

離？」柏宇把雙手放在後腦勺，一臉不解地自言自語。

「善待動物也是體現愛心的一種方式，你太不了解鎵玥了！」芝芝急不及待為鎵玥辯護。

「我對女生的感情也不了解，你倆竟然可以一下子冰釋前嫌！」柏宇聳着肩，滿臉寫着問號。

「這就是女生的友誼了！」這份熱情融化了原本冷冰冰的鎵玥，她扭着芝芝答，「柏宇你羨慕不來！」

「哈哈哈⋯⋯」

星夜閃爍，大伙兒就這樣在魔幻國度過了充滿歡笑聲的一晚。

黑暝堡壘大作戰

翌日清晨，靜謐的夜色漸漸被朝霞洗去，一束束晨光在大地抹上一層閃耀的光暈。

森林裏的魔獸仍在睡夢之中，騰騰提議趁此良機離開高地，直闖黑暝堡壘。大家沒有異議，於是芝芝立即收起魔法保護結界，其他人也迅速變身換上戰衣，向着黑暝堡壘進發。

雖說暫時不見魔獸的蹤影，但見識過昨晚羣獸亂舞的情景，沿途眾人都難免提高戒備。唯獨是鎐玥，她毫無懼色，始終帶着輕鬆自若的神情。

「鎐玥，這是你第一次跟我們一起作戰，你看似毫不擔心呢！」走在鎐玥身邊的希比一邊說，一邊用銳利的目光監察四周。

「騰騰不是說過魔獸都躲起來了嗎？更可況……」鎐玥指着走在她們身前的芝芝，「我們擁有這位無論警戒心和防禦魔法都屬頂尖的隊友，只要魔獸出現在我們五百米之內，全都逃不出她魔法眼鏡的探測。」

「哦？你是從何時開始變得相信隊友？」飛在希比頭上的燚燚忍不住吐槽。

鎐玥輕蔑一笑，撫着右手上的雷電護腕，說：「我

還相信自己的實力，任何妨礙我前進的敵人，我也要教牠們成為一堆焦炭。」

走在前面的芝芝和芯言聽到鎰玥所言，不禁相視而笑，為這段新的友誼感到慶幸。然後，他們終於有驚無險地越過森林，到達森林另一邊那座龐大的堡壘。

「這就是黑暝堡壘嗎？」芯言給它的氣勢所震懾。

一種瀰漫在空氣中的緊張感包裹着在場的每一個人，到處都充滿了壓抑的氣息。

堡壘的外牆爬滿了長着尖刺的藤蔓，高聳入雲的尖頂看上去快要刺破天空，堡壘四周圍繞着一條血紅色的護城河，散發着詭譎的氣氛。

「嗯，我們要挑戰的黑暝領主就在裏頭。」聽得出騰騰的語氣帶着激動，他一定是想起了被困的露露公主。

「去吧！」柏宇提起精神準備衝上前去。

「等等！」希比伸出手攔着柏宇。

看着魔法眼鏡上不斷呈現驚人狀況的芝芝亦急急説道：「很強的黑魔法結界！當中還有不少魔物在隱身移動啊！」

「我什麼都見不到啊！」在芯言眼前的除了黑暝堡壘外，就只是一片隨風擺動的草地，她完全感受不到芝芝口中的異樣。

「芝芝説得沒錯！」就算是性格衝動的鎐玥也不敢魯莽行動，因為眼前的黑暝堡壘外包圍着一層牢不可破的黑魔法結界。毫無疑問，這是一片不允許任何人入侵的禁地。

「我們要從何進入堡壘？」泠泠提出一個關鍵的問題。

就在眾人還在猶豫該怎樣做的時候，黑暝堡壘正門兩旁的鐵鏈竟緩緩降下形成一條吊橋。堡壘內魚貫走出一列又一列為數二三十個身穿黑色盔甲的士兵，而在士兵身後飄出來的是一個手執魔杖、披上一身深啡色斗篷、散發着黑魔法氣息的邪惡魔法師；旁邊還有一個穿着鉛灰色鎧甲、肩纏鮮紅色斗篷、長有狸貓頭顱的魔法師，他那排尖鋭牙齒令人格外心寒。

「是褐色斗篷和非勒爾！」芯言、柏宇和希比異口同聲叫了出來。

「莫非我們被發現了？」巨大化的毛毛下意識站在芝芝身前保護着她，擺出隨時作戰的姿態。

「那還等什麼？既然已來到這裏，就豁出去一決勝負吧！」柏宇蓄勢待發，卻遭希比一手拉住，「等等，你看看上空！」

柏宇抬頭一望，發現有另一幫人馬正乘風高速而至，轉眼間便落在那班黑暝軍團前方。芯言覺得領隊的

那幾個身影十分眼熟，細看他們的身形、服飾打扮，她差點忍不住掉下興奮的眼淚。

「是奧滋丁校長！哥拉多吉老師！凱田老師！還有獨角老師和魔法學校的大家啊！」芯言拉着騰騰喊道。

「看來黑暝軍團不是發現了我們，而是為了出城迎擊他們呢！」熒熒語畢隨即飛回希比身邊，化身為鳳凰之弓準備接下來的戰鬥。

乍見魔法學校大軍壓境，褐色斗篷不單指揮着身前的黑暝士兵迎上，更唸唸有辭施法，僅一瞬間就有一股淡灰色的煙霧從他腳底噴湧而出。

煙霧越來越濃密，不但將褐色斗篷緊緊籠罩起來，還如密林中橫生的藤蔓般，縱橫交錯着往四周蔓延開去。那煙霧所掠過之處，立刻濛上一層青灰色的塵埃。此情此景，令躲在森林邊緣的一行人不禁大吃一驚。

這時，兩軍已經全面開戰。雖然黑暝軍團身經百戰，但在哥拉多吉老師帶領下，魔法學校大軍的列陣式魔法攻擊佔有絕對的優勢。各種魔法元素陣式不斷變換，直教敵人方寸盡失。

「去吧！古老傳說中的冰火龍噬陣！」一眾師生有秩序地施展的冰火魔法幻化成兩條巨大的龍，吞沒面前的敵人。

「厲害啊！讓我來協助你們吧！」鎐玥一馬當先想

撲出去加入戰團，誰料情況突然生變！

「小心身後的巨蛇啊！」泠泠連忙發出警示，但剛才散入森林的塵埃早就聚合成一條猙獰的巨蛇，牠張開大口猛然噬向鎐玥。

「是傳說中的地獄巨蛇！」熒熒驚呼。

「我在魔法典籍中讀過，巨蛇的頭冠和身上都長有金子似的鱗片，幾乎刀槍不入；牠雙眼閃耀如火，而且渾身是毒液，舌頭分成三叉，頭舉起來比大樹還高。」芝芝邊說邊出擊，「藍晶星光力量，冰花飛濺！」

「紅晶星光力量，火鳳凰穿雲箭！」希比毫不猶豫發出速度極快的一箭。

可惜巨蛇的鱗甲太厚，兩人的攻擊只阻延了巨蛇數秒，而露出四隻銳利尖牙的蛇口已朝鎐玥的背脊咬去。

「鎐玥——」距離鎐玥最遠的芯言愛莫能助。

死亡的恐懼令鎐玥一時無法反應，她的雙腳就像失去力量般僵住了。

「啊！泠泠——」鎐玥從沒想過自己會成為巨蛇的佳餚！

在最危險之間，一道比太陽之火還要熾熱的烈焰攔在鎐玥身前，是炎神之刃！柏宇激射出的力量擋住巨蛇，使牠咬不著鎐玥。

「休想傷害我的朋友！」以往多次戰鬥豐富了柏宇

的臨場經驗，他把手上的炎神之刃朝着蛇口急速旋轉，絞勁挾着火焰把地獄巨蛇的四隻巨齒絞得粉碎。

地獄巨蛇往後退開，牠蜷曲着身體伸出分岔的舌頭，等待着下次攻擊的時機。

鎹玥回過神來，她壓抑着胸口湧動的急促呼吸。

「第一次面對魔獸的我，反應也跟你一樣。」柏宇安慰鎹玥説。

「我……不是你擋住，我早已把巨蛇電焦！」縱使鎹玥的雙腳發軟，她嘴巴還是不肯服輸。

與此同時，一聲震耳欲聾的怒吼傳來，原來是非勒爾召喚出四隻雙頭巨犬來對付原本佔盡優勢的魔法學校大軍。雙頭巨犬抖動灰啡的鬃毛，牠兩雙紅色的大眼睛朝四方八面盯着敵人，張開血盆大口噴出灼熱的火焰，還抬起巨大的爪子，以鋒利的指甲劃向冰火魔法幻化而成的巨龍。眾人一晃眼，牠已把巨龍撕開幾塊，哥拉多吉老師的背後更被劃出一道深深的傷口。

懸浮在空中的奧滋丁校長見形勢逆轉，馬上取出樂悠壺吹奏「魔法安魂曲」。樂曲似有生命般湧向四隻雙頭巨犬和黑暝軍團，還有一直跟芯言等人糾纏的地獄巨蛇。

這首安魂曲實在厲害，就連築起黑魔法防護罩的邪惡魔法師也抵抗不了，任由音波穿透，教所有敵人不情

願地合上眼睛昏睡過去。

　　一曲過後，消耗大量魔法力量的奧滋丁校長抹去額上的汗，説道：「來吧，暫時給我好好睡一覺。」

　　接着，他轉身望向同樣昏睡了的芯言一行人：「但你們還有更重要的任務要做，全給我醒過來吧！」

　　一束束魔法力量注入芯言等人身上，原本失去了的意識紛紛被喚醒過來，他們此時才發現，剛才還在跟眾人纏鬥的巨蛇已恍如進入冬眠狀態般睡在身旁。

　　「校長、老師，還有大家……」芯言再見到魔法學校的師生，心裏有千言萬語想説。

　　「你們在等什麼？還不快進入堡壘？魔法安魂曲只可以短暫催眠敵人，他們隨時會蘇醒的！」受了傷的哥拉多吉老師説。

　　「可是……」芯言擔心着傷疲的魔法學校大軍。

　　奧滋丁校長從芯言一雙明亮的眼睛看穿了她的心事，於是笑着給她最大的勇氣：「不必擔心，我們能夠支持下去，也相信你們一定可以完成使命！」

　　「走吧，芯言！」騰騰意會校長的用意，「露露公主等着我們拯救呢！」

　　芯言明白各人也有自己的使命，想通後雙眸流露出篤定的神情，轉身跟隨一眾戰友跑向堡壘，她默唸祝禱：「請保佑他們千萬要獲勝！」

奧滋丁校長率領一眾師生展開大地之陣攔在堡壘入口處，好讓星之魔法少女、守護精靈和柏宇順利進去，而安魂曲的魔法力量就在城門關上的一刻剛好失效。

在黑暝堡壘第一層等着他們的，竟然是意想不到的故人，一個拿着巨斧的矮人——

查冬冬！

再遇查冬冬

在幽暗的堡壘內迎接他們的是長着粗眉毛、大鼻子、闊嘴巴、尖耳朵，全身皮膚像樹皮一樣乾巴巴的小矮人。

「查冬冬？」

「芯言，你認識這個人嗎？」芝芝用魔法眼鏡探測着對方的魔法力量。

「嗯，我和柏宇曾經誤打誤撞進入了魔幻國，是查冬冬把我們送到魔法噴泉，我們才能成功解開魔法噴泉的封印！」芯言說。

「他本來就是想送我們到地獄去！而且他曾經背叛魔法學校！」柏宇拔出炎神之刃準備迎戰，「嚴格來說，他現在仍在背叛魔幻國！」

「查冬冬不是敵人！」芯言說，正想走上前。

「蠢材！假如他不是敵人，又怎麼會在這裏擋路？」柏宇伸手阻止芯言前進。

「哼，你們上次害我受責罰，非勒爾將軍把我的官階連降三級！」暴跳如雷的查冬冬眼神帶着不可遏止的怨恨，「如果今次讓你們過關，我必定會被非勒爾將軍變成一尊石像！」

「查冬冬，我們會救出露露公主的。只要救回公主，魔幻國就不會再被黑魔法操控，你也不用再怕黑暝軍團了！」

「你們太天真了，竟妄想打敗黑暝領主，看來你們還未知道她有多厲害！」查冬冬戲謔地說，「這一次我絕不會待你們仁慈，無論如何也不會讓你們過關！」

「既然這小矮人冥頑不靈，就讓我來對付你吧！」鎦玥揮出雷電套索，卻被查冬冬用魔法樹枝捲起的藤蔓擋住。

「這是最後的警告，趁我查冬冬還未出手，你們還是乖乖調頭走吧，免得我要傷害你們！」查冬冬撐着腰厲聲說。

「交給我吧！」希比射出鳳凰之箭，可是同樣被查冬冬用魔法變出一座透明的防護牆堵住。

「嘗一下我的巨熊拳吧！」毛毛變大身體揮出重拳，然而巨掌擊中那面透明的牆壁時，牆身突然變成啫喱般軟綿綿，使拳頭陷入牆內，怎樣也打不碎；當毛毛收起拳頭，它又原封不動的變回堅硬的牆。

「真想不到你們這般低級的魔法師居然能進入黑暝堡壘，」查冬冬收起笑容說，「我得到了黑暝領主賜予的黑魔法力量，防禦魔法在魔幻國可稱得上最高級別。即使是大魔法騎士，也不易打破我的防護牆！」

「他的防禦魔法的確厲害，我們要攻過去也不容易！」泠泠說。

「對，防禦魔法是矮人族的強項，但我們不可以再在這裏耽誤時間了！」騰騰說。

「我查冬冬絕不是浪得虛名，你們休想穿過我布下的防護牆！」查冬冬神氣地說。

「就由我來應付吧！」一直站在一旁的芝芝突然走到最前面。

「芝芝，你有辦法打敗他嗎？」

「嗯，就讓我試試看吧！」

「你就是鼎鼎大名的查冬冬大將軍吧！」芝芝望着面前的查冬冬，「我一直都很仰慕矮人族的英雄事跡，聽說你的防禦魔法根本無人能及！」

「呵呵！算你有點見識！其實我還有數不盡的秘技呢！」查冬冬難得聽到別人對自己的讚美，不禁得意忘形地大笑起來。

「不過⋯⋯」

「不過什麼？」查冬冬不滿意地問。

「聽說你們一族就只有魔法厲害，要是比智慧的話⋯⋯絕對會輸得一敗塗地。」

「哼！誰說的！不論鬥智還是鬥力，矮人族也不會輸！」查冬冬最討厭被看扁，於是抖了抖手腕，在防護

牆中扭動出一個透明的旋渦，好讓自己從牆後穿出來。他驕傲地說：「我就是最佳證明，我們來比智力吧！」

「芝芝，你有信心取勝嗎？」芯言在芝芝的耳邊細細問。

「放心吧！」芝芝點頭，然後對查冬冬說，「我們各出一條問題，答對的就算勝出，假如你輸了，就要讓路給我們通向第二層，好嗎？」

芝芝胸有成竹，因為她讀過矮人族的背景，知道他們性格好戰但思想單純，加上自卑心重，很容易掌握。雖說算是作弊，但為了救出公主，也逼不得已要一點點手段。

查冬冬想了想，與其逐一對付這班小鬼，不如換個比試方法速戰速決。且跟他鬥智的只是個黃毛丫頭，而自己是偉大的魔法師，鐵定不會輸，便一口答應了芝芝的提議。

「好！那你先出題吧！」查冬冬心急地說。

「同一個問題，每次問的答案也不一樣，這條究竟是什麼問題？」

「怎會有這樣的問題，這是惡作劇嗎？」

「這是你的最後答案嗎？」芝芝問。

「不……不！」查冬冬皺起眉，想了好一會也想不出答案。

「你到底懂不懂？」柏宇不耐煩地對查冬冬説，「抑或在拖延時間？」

「哎呀！讓我再想想！」查冬冬反問，「這個問題是否只能應用在地球星？」

「不會呀！整個宇宙也一樣的！」

「可惡！根本沒這種問題！」查冬冬大吼，「你把答案説出來吧！」

「答案就是『現在的時間是什麼？』」芝芝答。

查冬冬恍然大悟，雖然問題一樣，但不同時間回答，答案自然也會不同。

「這……這……」

「沒法耍賴吧？」鎐玥笑説，「你快認輸啦！」

「想贏我，沒這麼容易。」查冬冬不服氣地説，「現在換我問你，我現在想什麼？」

「你在猜我怎麼可能猜到你在想什麼！」芝芝沒多想就回答了。

「哈哈……你答錯了！」查冬冬猛然狂笑，還高興得跳起來，「這一局我們平手！」

「現在你説什麼也可以，只有你自己才知道答案！」鎐玥説，「想不到矮人族原來喜歡撒賴！」

「你要怎樣才能證明我沒説謊？」查冬冬氣沖沖地叫。

「我有一個法寶，只要把手放進我的冰雪之環，就可以知你有沒有說謊。」芝芝變出一個晶瑩的冰環來，和鎶玥對望一眼。

「我就證明給你們看！」查冬冬立即解除防護牆，把雙手伸出來穿過冰環。

這個時候，冰環突然收窄，把查冬冬雙手鎖住；而鎶玥幾乎在同一時間放出雷電套索，從頭到腳勒住查冬冬。

「喂！你們做什麼？」查冬冬怒吼，他想使出魔法，卻被芝芝的藍晶轉化力量封住，「快把我放開！」

「放開你？我們哪會像你一樣傻，居然自投羅網！」鎶玥笑說。

「你們這班小鬼竟敢欺騙我！」查冬冬想用力掙脫，卻毫無作用。

「不能力敵時就要智取了！」鎶玥笑得開懷，「泠泠，快把他困在水球中！」

於是泠泠吹出一口氣泡，把查冬冬包在裏頭。然後氣泡逐漸縮小，就連查冬冬也跟着一起變小，最後變成只有掌心般大。

「現在是名正言順的小矮人了！」柏宇笑說。

「對不起，為了趕去救公主，暫時要委屈一下你了！」芝芝把雙手合十，向查冬冬道歉。

「救出公主後，我們一定會把你放出來！」芯言
説。

　　「我不會饒恕你們……」

　　「麻啦啦卡囉囉，靜音！」騰騰忍不住向查冬冬施
魔法，暫時禁止他發聲，然後把他收起。

　　「時間無多了，我們快上第二層去吧！」柏宇急步
跑向通往上層的樓梯。

沼澤迷陣

剛剛突破第一關，來到第二層的柏宇和一眾星之魔法少女放眼所見，盡是一片濕冷陰暗沼澤。

「我們不是在堡壘嗎？怎麼突然來到了亞馬遜森林沼澤區？」鎶玥茫然地呆立在當場。

「你們看！剛才上來的樓梯不見了！」芯言轉身，發現剛才走來的路已經消失，完全被一道憑空冒出來的牆遮蔽着。他們腳下踏着的是一小片浸過腳踝的泥地，前方只有一望無際的泥濘沼澤。

「大家要小心，能夠製造這種陰森布局的一定是個厲害的魔法師！」騰騰環視着四周。

「看來我們已經沒有退路！只可以往前走！」柏宇望着霧氣繚繞的水面和草甸、盤根錯節的樹木和藤蔓，他不斷射出火魔法球，替身邊的芯言驅除擾人又可怕的昆蟲。

「這裏的蚊蠅多得令人發瘋！而且泥沼的水很臭啊！黏稠稠的泥巴弄得我的長靴子髒死了！」鎶玥打了一個寒顫，惶惶不安地望着從泥沼裏探出半截的怪東西，細看之下原來是無數蚯蚓密密麻麻地翻滾着，牠們緩緩地蠕動着，「嗒嗒嗒嗒」的聲音聽起來令鎶玥充滿

了恐懼。

「這……這……這蟲真噁心！」一陣恐懼感刺進鎐玥的頭皮，臉色一下變了紙一般白。

鎐玥天不怕地不怕，但有潔癖性格的她最怕就是樣子極醜的小昆蟲。

「鎐玥，別慌張，只是小蟲……」芝芝盡力安撫鎐玥的情緒。

「芯言，不如你試一試淨化這個環境吧！」冷冷趕緊提議說。

「嗯！」芯言手握光之魔杖，向無邊無際的沼澤射出淨化魔法。一時間，濃霧似乎被驅散開去。

「奏效了！」鎐玥還未說完，濃霧再次從四方八面湧過來，填補被淨化了的空間，「怎麼會這樣……」

「我再試一次吧！」

「再試也是一樣的結果！」騰騰阻止芯言，「看這情況，對方是刻意設置這環境來消耗我們的體力。一旦耗盡魔法力量，至少要大半天才能回復最高水平，屆時我們便危險了！」

「看我的！」鎐玥不管騰騰的阻止，她握緊拳頭向周遭射出強烈電流，「電灼光華！」

可是泥沼裏的小昆蟲和植物吸收了雷電魔法的力量而變得更有生氣，霸道地肆意生長。

「這裏布滿了濃密的瘴氣，不斷吸收我們的力量。我們必須儘快逃離這裏，」騰騰心感不妙，他皺着眉頭問身邊人，「芝芝，你能探測到出口位置嗎？」

芝芝透過魔法眼鏡探視四周，她指着前方說：「距離我們大約五公里的正前方有一個魔法封印，我猜那裏就是出口。」

「事不宜遲，我們立即穿過這沼澤吧！」騰騰着芯言和柏宇騎在他身上，而芝芝和希比則抓緊毛毛。

啫喱狀的泠泠亦變大身體成了一片透明的雲朵，載着鎔玥在沼澤上空滑翔。

「在沼澤中穿行既緩慢又艱難，魔幻植物會阻礙前行的道路。」希比發揮她的領導才能，替大家分配職責，「芝芝負責領航，我和柏宇負責砍開擋路的植物，鎔玥在上空偵察在泥沼潛伏的敵人。」

「大家要格外留神，沼澤叢林的瘴霧很容易令人迷失方向，我們得盡量靠在一起。」變大了的騰騰走進泥沼，幸好陷得不算太深，只浸沒了騰騰的半截腿。

「對，這片迷霧分明是故意分散我們。要是真的不幸失散了，千萬不要浪費時間找對方，各自闖關去！」希比凝重地提示大家。

「贊成，要相信隊友的能力，儘快救出公主！」燚燚回復了鳳凰形態，站在希比的肩膀。

「不過，假如你們走失了，可沒有魔法眼鏡探測出路……」芝芝擔憂的説。

「芝芝，你不用擔心我們，就我這段時間的觀察，大家的戰鬥力絕不簡單！」鎰玥笑説，「即使是整天大驚小怪、傻頭傻腦的芯言，也有令人讚歎的絕技！」

「怎麼我不覺得你在讚賞我！」芯言噘起嘴巴埋怨説，短暫舒緩凝重的氣氛。

「嗯！」芝芝感受到大家的決心和團結，她相信這次一定會成功的。

鋪滿綠藻的沼澤水面非常混濁，根本看不清水中情況，他們唯有步步為營……

他們走了好一段路，四周的環境也沒有兩樣。濕滑的泥巴、茂密的植物、濃郁的霧氣，感覺似乎沒完沒了。

霧霾越來越濃烈，伸出手也見不到五指。就在這個時候，沼澤靜悄悄地冒出了幾個小氣泡，一雙不懷好意的眼睛猛然睜開，透過污濁的水面窺視着芯言等人。

「啵啵啵啵啵啵……」

「是什麼聲音？」飛在最後的鎰玥回頭往後看，她感覺剛剛水裏好像有什麼游過似的，「不會又是那些討厭的臭蟲吧？」

她搓搓手臂，光是想像一下那些醜陋的蟲，已叫她

打了哆嗦。

　　沒走幾步，鎐玥又再次聽到泥沼中發出奇怪的聲響，感覺就像裏頭有什麼翻滾起厚重無比的泥漿。

　　「到底是誰？」鎐玥着泠泠冷冷放慢飛行速度，在水面低飛查探究竟。突然她感到背後發涼，誰知她一轉身便看到一個巨大的黑影。鎐玥和泠泠尚未看清楚就被巨大的拖力拽進水裏去，快得連呼救的聲音也喊不出來。

　　　　　　＊　　　　　　＊　　　　　　＊

　　「芝芝，我們還要走多久才能到達出口？」芯言問。

　　「很接近了……」芝芝望向四周，「魔法眼鏡探測到這裏有封印。」

　　「可是這裏仍然是沼澤的中央。」芯言不解地道。

　　「那麼，我們在附近找一下吧！」毛毛説。

　　「咦，鎐玥呢？」希比抬頭一望，卻找不到鎐玥和泠泠的蹤影。

　　「鎐玥！泠泠！」芯言和芝芝大喊，卻只有陣陣回音。

　　「別走遠！我們走散了就危險啦！」柏宇説話時，走在最後的希比和熒熒漸漸隱沒在濃濃的迷霧裏，不消一刻鐘，她倆已雙雙消失在眼前。

　　「希比——」芯言打算追上去。

柏宇伸手拉着芯言，説：「等等，我感覺到一股強烈的黑暗力量，你跟上去會有危險。」

　　「難道不顧她們嗎？」芯言急得如熱鍋上的螞蟻。

　　「是陷阱，敵人想將我們逐個擊破。」柏宇環顧四周，不斷打量戒備。

　　騰騰插嘴道：「柏宇説得對，雖然我很擔心她們，但直覺告訴我，只要突破這封印，就可以解除眼前的迷陣，拯救大家。」

　　「我也贊成，更何況鎐玥和希比是我們當中戰鬥力最強和最富獨立戰鬥經驗的人，加上有泠泠和燚燚在旁，我們就信任同伴吧！」毛毛説，「現在不如爭分奪秒找出封印的位置！」

青蛙將軍

　　鎔玥被突如其來的觸手拖進沼澤底，水下世界的淤泥嗆得她差點窒息。就在快要暈厥的時候，鎔玥的身體突然被一個透明的氣泡包圍。她不單能夠重新呼吸，更可以在氣泡內活動。

　　原來一切都是泠泠的戲法，她在危急之時吹出一個魔法氣泡把鎔玥包裹在內，真沒想到這本領能在這關頭發揮效用。

　　「泠泠，幸好有你啊！」鎔玥心有餘悸。

　　在氣泡外的泠泠笑說：「我是水系魔法精靈，有水的地方就是我的主場呢！」

　　突然，一把沙啞的聲音打斷泠泠的話：「誰說這裏是你的主場？呱！這裏可是我青蛙將軍的地盤呢！」

　　「青蛙將軍？」鎔玥循聲音一看，發現有個人影從晦暗的水底冒出。

　　「啊！竟然是他！」泠泠想起那個傳聞中黑暝秘域的長勝將軍，不禁擔心起來。

　　泠泠不等敵人完全現身，便決定出其不意搶先出招，一束束短小而快速的雷電襲向眼前的身影，同時一面水牆在敵方身前築起，把泠泠的攻擊一一擋在牆外。

一輪攻防過後，水牆瓦解，一股強大的黑魔法力量湧現。鎐玥和泠泠這才清楚見到力量的主人——一隻長得胖胖的、穿着厚重盔甲的大眼青蛙！

「小妮子，呱，你就是星之魔法少女嗎？」青蛙將軍伸長舌頭，一下子把鎐玥的氣泡戳破，再把她緊緊綁住。

「快放開我，你這醜八怪癩蛤蟆！」動彈不得的鎐玥內心吶喊。

「呵呵，你太沒知識了，癩蛤蟆和青蛙也分不清嗎？」青蛙將軍呱呱地笑了起來。

「快給我雷電！」鎐玥召喚守護精靈泠泠，泠泠立即把海底王域公主賜予的力量傳送到鎐玥身上。

「什麼？」青蛙將軍一直沒看到變身成半透明海蛞蝓的泠泠，當他回頭一看，泠泠已將大量電力轉移給鎐玥。

「玄幻黃晶，施展你最耀眼的光芒！」鎐玥屏着氣在心中默唸魔法口訣，她渾身散發出金黃色的電光，打算把電流從青蛙將軍的舌頭傳送出去，務求一下子電焦他。

「呱，小意思！」青蛙將軍說罷深深吸了口氣，使身體漸漸鼓脹起來，成了巨型的橡皮球。

「是橡膠！他用魔法改變了身體的性質，是不能通

電的絕緣體！」泠泠叫道。

青蛙將軍更用力地勒緊鎐玥的身體，使她痛得不禁尖叫起來。他同時揮出長着蹼的手抓住泠泠，把她按在地上。

她倆就像被一束粗重的鐵鏈綁住一樣，無法動彈。

「可惡！」鎐玥和泠泠用盡氣力仍擺脫不了青蛙將軍的毒手。

「呵呵！呱，真過癮！這種痛苦的慘叫聲就是我最喜歡的聲音。」

「颯！」突然，一枝帶着旋勁的紅色火箭從後射向青蛙將軍，橡膠的身體應聲穿了洞，像是洩氣的氣球胡亂彈飛，纏着鎐玥的舌頭也隨即鬆開。

希比憋着氣，英姿凜凜地拉起鳳凰之弓向青蛙將軍發射十數枝貫滿烈火的箭矢，好拉遠他跟鎐玥的距離。

「希比！」泠泠興奮地叫道。

「快給我們吹出魔法氣泡！」鎐玥用心靈感應向泠泠傳話。

「知道！」泠泠立即把兩個透明的氣泡吹向鎐玥及希比，令她們在沼澤底仍能夠行動自如。

「呼！現在好多了！謝謝你，泠泠！」希比整張臉都憋紅了，她就像缺氧般猛地吸氣。

「希比，你怎樣知道我們在這裏？」鎐玥問。

「是星之碎片的感應！」希比捂着胸口發光的紅晶星之碎片。

「不公平呢！呱，我明明打算一個接一個的跟你們單打獨鬥！」青蛙將軍如孩子般發起脾氣，怒氣沖沖地迎擊面前這兩位星之魔法少女。

泠泠向鎐玥和希比打個照面，示意一起全速離開沼澤底，削弱青蛙將軍的優勢，屆時合眾人之力反敗為勝。她倆心領神會，立即轉身緊隨在泠泠身後。

可惜，青蛙將軍一下子就洞悉她們的計劃：「嘿嘿……你們想走？可沒這麼容易！」

青蛙將軍嘴裏的舌頭就是他最強的武器，更有可以無限伸展的超級秘技！

「颯——」盛怒的青蛙將軍張大嘴巴，伸出長長的舌頭直捲鎐玥。

「糟了！」鎐玥驚叫。

「啵！」泠泠製造的魔法氣泡再次被刺穿了！

「鎐玥！」泠泠急急游向鎐玥。

「可惡啊！」希比不理會自身安全轉身支援鎐玥，她拔出火鳳凰箭矢瞬間瞄準青蛙將軍。

燚燚警告希比：「這樣連你的魔法氣泡也會破掉啊！」

「沒有什麼比得上同伴的安全！」希比深呼吸一大

口氣，然後緊閉嘴巴，默唸：「紅晶星光力量！火鳳凰穿雲箭！」

舌頭纏着鎐玥右腳的青蛙將軍感受到水流變動，知道身後的希比向他發動攻擊，二話不說便放開鎐玥。他噴出污水，使水底變得更加混濁，令大家一時間看不清前方。

聰明伶俐的泠泠人急生智，吐出兩個細小的魔法氣泡，然後迅速送至鎐玥和希比身邊。

「這是……」希比還未來得及意會，泠泠吐出的魔法氣泡已朝她的頭上套着，形成一個透明的潛水頭盔。

「可以呼吸了！」希比馬上睜開眼睛目視四周，搜尋鎐玥的蹤影。相比起自己，希比更關心同伴的安危。

鎐玥頭上也套上了魔法氣泡，她面露怒意，渾身閃爍着強大的雷電力量準備迎戰。

「我真笨，早該想到這個方法才對，這樣魔法氣泡就不會阻礙你們攻擊。」泠泠敲敲自己的小腦袋，「你們現在可以盡情戰鬥啦！」

「我們要儘快驅散眼前這片模糊景象！」熒熒也按捺不住，只想趕快收拾青蛙將軍。

希比鼓動紅晶力量，唸出：「火鳳凰龍捲攻擊！」

臨陣創招的希比不斷原地旋轉，急速化作一道強大的龍捲風，變身成鳳凰之弓的熒熒則配合她射出一枝又

一枝火鳳凰形象的高溫火焰箭，一下子把四周的混沌一一吞沒。

當沼澤漸漸變得清晰，青蛙將軍將無處可遁。

「鎹玥！他在那裏啊！」冷靜的泠泠很快找到敵人，同時把海底公主賜予的魔法力量傳送給鎹玥。

「看到你這癩蛤蟆就叫我渾身雞皮疙瘩，」鎹玥在泠泠的指示下瞬間找到目標，她馬上召喚出武器：「黃晶星光力量，雷電套索！」

「嗚啊──」青蛙將軍乍見兩位星之魔法少女強勢夾擊，當下嚇破了膽，轉身拔足便逃。

滿肚子屈悶的鎹玥毫不客氣地揮動手上貫滿力量的套索，對着青蛙將軍劈頭攻擊，閃電般的速度令他無法招架。

鎹玥隨即高速轉動套索，讓它化作一張帶有雷電的巨網，牢牢封鎖青蛙將軍的行動。巨網霹靂霹靂的放射出高壓電流，把敵人殛得慘叫。

「救命啊！我快要電焦了！」青蛙將軍驚呼，原本青綠的臉頃刻變成青白。

鎹玥乘勝追擊，她收起雷電巨網舞動套索，一束電流環繞着還未來得及爬起來的青蛙將軍。

「呱，痛啊！投降啦，饒了我！」

「饒不得你這隻青蛙！」希比恨他傷害鎹玥，盛怒

下使出她的另一項絕技。

「迷幻紅晶，星火之箭！」箭矢以極速射向青蛙將軍，紅晶力量直接鑽入他的身體，令他忍不住慘叫。

「呱，痛死了！」青蛙將軍的額頭青筋暴現，還哭着在地上翻來滾去，難看極了。

「什麼？堂堂大將軍竟大哭大叫？」鎐玥停下攻擊，不屑地說。

「怎麼你的魔法力量比外面的守衛還要弱？」怒氣漸消的希比心中湧出一股奇怪的感覺，「而且這裏只有你一人迎戰……」

「嗚……最精銳的黑暝軍團全都派出去對付你們的盟友！」青蛙將軍忍着被電擊的痛楚，鼓起腮不忿地控訴，「呱，擔當大將軍的角色壓力很大，繁重的雜務沒完沒了，又要管理隊員的紛爭，更要完成黑暝領主指派的任務，哪有時間練習魔法？久而久之必然會退步啦！嗚嗚……」

「你的時間管理太不濟了！」鎐玥說罷即把黃晶力量注入雷電套索，準備徹底擊敗青蛙將軍，「雖然我很同情你，不過要打敗你才能拯救魔幻國，看招！」

「等等……呱，我投降了！」青蛙將軍怕得由威風凜凜的將軍模樣變回真身，雙手高舉示弱，原來他是一隻胖嘟嘟的小青蛙呢！

「你又怎麼了？」鎵玥勞氣地道。

「求求你們放過我吧！呱，其實我一直夢想着在一個和平的世界裏生活，我心底裏是支持你們的！如果你們放我一條生路，我就帶你們走秘道直接通向露露公主吧！」青蛙將軍用食指在空中繞圈圈，嘴裏喃喃的唸咒，半空中的圓形漸漸形成旋渦，旋渦的中心乍現出神奇的極光。

「是傳送魔法陣？」希比訝異地說。

「進入這魔法環裏就可以營救露露公主？」鎵玥既高興又好奇地探看着傳送魔法陣，「那真是方便！」

「很可疑，他畢竟是黑暝秘域的長勝將軍！」泠泠擔心有詐，在鎵玥和希比耳邊輕聲提示，「小心這隻狡猾的青蛙！」

「對，泠泠的話不無道理，我們還是先會合芯言，再一起進入秘道去找露露公主。」希比和議着。

「呱，你們的朋友早已打破我在這一層設下的封印，順利離開了。」青蛙將軍趕緊說，「不過，上一層的守衛是實力高強的爵尼勒。呱，你們的朋友絕不可能戰勝他！」

「就是那個綠色頭髮的美少年嗎？」鎵玥試探着。

「對對對，呱，就是他！」青蛙將軍轉為凝重的語氣，「他的魔法力量只是僅次於黑暝領主。」

「那麼我們要儘快趕去幫助他們！」希比緊張得轉身就走。

「不，」鎐玥一手拉住希比，「一層一層打上去實在太費時了，敵人已經知道我們攻入城堡，往後的對手肯定會越來越厲害。如果我們先救出露露公主，到時借助公主的力量，那就不管是爵尼勒還是黑暝領主，我們也不用怕了！」

「可是……」希比猶豫，她望了望變成小青蛙的青蛙將軍，然後跟燊燊討論，「這會不會是個陷阱？」

「不會，呱，不會，你們這麼厲害，我才不會蠢得冒生命危險去加害你們！」青蛙將軍帶着閃爍的眼神搶先回答。

「料他不敢欺騙我們！」鎐玥說時又拉了一下綁着青蛙將軍的雷電套索。

「當然！呱！你們的火焰魔法和雷電魔法這麼厲害，我還不想變成香烤青蛙啊！」痛極的青蛙將軍高舉雙手，擺出投降的姿態。

「算你知趣！走吧，你來領路！」鎐玥一腳把青蛙將軍踢進傳送魔法陣。

「呱呱呱呱呱呱呱……」

「希比……」燊燊跟希比同樣有點不放心。

「嗯，我明白你的擔心。」希比輕撫着手腕上的鳳

凰之弓，然後深呼吸一下，閃現堅決的眼神，「但要在沼澤找到封印出口再會合其他人，要花的時間可能比想像中多，更何況有時相信同伴，也是一種必要的戰術。」

未完的決戰！柏宇對安納

「封印破解了！」騰騰喊道。

幸有希比和鎐玥纏鬥青蛙將軍，芯言、柏宇等人能在沒有敵人阻撓下，透過芝芝那副魔法眼鏡的精準定位，在瀰漫重重迷霧的沼澤裏成功找到青蛙將軍結下的魔法封印。最後在柏宇炎神之刃的神威下，封印被一刀兩段，第二層的難關迎刃而解。

雖然成功闖關，但眾人仍然心繫希比和鎐玥的安危。要不是大家早就擬定好行動的戰略，他們一定不會就此離開堡壘第二層。

「終於到了！」毛毛率先突破連接兩層的旋轉樓梯，來到第三層。

出現在一行人面前的是一座以黑曜石打造的寬敞大殿，奇怪的是大殿上空無一人，只有寥寥數條巨柱支撐着冷清的場面。

當芯言和柏宇踏入大殿之際，一股令人感到懼怕的壓力直逼他們，周遭充斥着一股濃濃的復仇意志。

「很強的黑魔法啊！」戒備中的騰騰和毛毛渾身毛髮筆直豎起，他們心知這層的敵人非之前兩層的可比擬。

柏宇橫劍在胸，一直守在芯言和芝芝身前。他掃視四周，希望找出敵蹤。

　　「芝芝，你的魔法眼鏡有沒有發現……」騰騰一直感覺不安。

　　芯言望向胸前突然射出紫光的星之碎片，她臉色一變，搶在芝芝開口前高聲喊道：「我的星之碎片好像有感應！」

　　紫光射出的方向是大殿盡處一道緊閉的圓形大門，芝芝此時亦發現她胸口的星之碎片閃耀出奪目的藍光，而藍光指引的方向同樣是大殿的盡頭。

　　「芯言——」芝芝跟芯言換了個眼色，便朝着圓形大門跑去，柏宇、騰騰和毛毛也緊隨其後。

　　當他們奔近大門之時，門前驟然出現無數的黑色閃石，並從四方八面聚攏起來，漸漸形成一個人影。

　　「安納！」芯言喚出他的名字。

　　「他就是大殿上那股強大黑魔法的主人！」芝芝透過魔法眼鏡探測到對方的力量。

　　「大家要小心啊！」騰騰和毛毛警戒着。

　　「我們又見面了！」柏宇踏上前，他那雙烏黑的眸子直直地迎向安納碧綠色寶石般的眼珠。

　　「想不到你們竟然能夠闖進這一關，」安納從斗篷拔出一把雙刃刀，「真多虧他們成功把你從冰靈柩救出

來，否則現在我就不能狠狠地擊敗你！」

「擊敗我？就憑你半途出家的黑魔法？」柏宇揮動他的炎神之刃。

安納鄙夷地笑了。

「柏宇、安納，你們是好朋友，千萬不要傷害對方！」芯言急着說，眼眸裏晶瑩的淚珠不斷打轉。在她的心裏，面前兩個都是她十分在乎的人，但當然誰也不能阻止這場決鬥。

「我會盡量擋住他，你就跟芝芝趁機進入那道門吧！」柏宇用加密的傳心術跟芯言說。

「可是……」

「別擔心，我會保護自己的，可以的話我也不想傷害他！」柏宇輕輕點頭作出承諾，然後輕聲向芝芝說，「這個遲鈍怪就交給你了！」

芝芝明白柏宇的意思，於是趕緊拉着芯言繼續往前走。

意想不到的是安納竟然完全不阻止，任由芯言、芝芝和她們的守護精靈在身邊擦身而過，恍似視而不見。

因為安納的目標只有一個，他向芯言斜睨了一眼，不屑地吐出一句：「好好道別吧，進入裏頭的下場只會更悲慘。」

柏宇感覺訝異，心忖：「難道他聽取到我剛才傳心

的説話？」他沒有輕敵，連忙擺好戰鬥架式。為免生變，他左腳踏地同時默唸出土之魔法，霎時間安納身後一道高聳的厚土牆憑地而起，橫在芯言與安納之間。

柏宇此時毫不掩飾地高喊：「遲鈍怪，快進去吧！我很快會趕到！」

土牆後的芯言裹足不前，她忍着眼淚呼喚：「柏宇……」

芝芝拍一拍芯言肩膊，堅定地説道：「我們要相信柏宇，走吧！」語畢即轉身跑進那道圓形大門。

「嗯！」芯言拭過眼角的淚水，回身便跑，她抿着嘴説道，「討厭鬼！你一定要依諾平安啊……」

待芯言等人走遠，一直盯着柏宇的安納踏步上前，輕輕揮手。

「轟──」柏宇用魔法築起的土牆瞬間分崩瓦解。

「什麼？」

「你不會認為這種低級的土魔法能夠擋住我吧？」安納露出輕蔑的笑意，「你要做的無聊事都做妥了麼？可以專心跟我決一勝負了吧？」

柏宇這才終於明白安納是故意讓芯言突破防守，而這舉動更教他戰慄不安，他暗暗思忖：「他這麼有信心，莫非裏頭……」

就在這一刻，柏宇身邊忽然傳來一聲龍嘯！

「那是？」柏宇望向左方的陽台，他驚呼，「是黑龍和紅火龍！」

兩條巨龍衝破厚厚的雲，在天空並肩齊飛。牠們盤旋了幾個圈後徐徐降落陽台，再一步一步走進堡壘。

紅火龍在安納的身邊停下來，而黑龍則靠向柏宇。

「龍本來就是非常忠心的魔獸，一旦被人馴服，便終身都會聽從那人的指令，決不退縮。」安納撫摸身邊的紅火龍說，「而巨龍與魔法師結緣後還有一個使命，就是在牠被消滅之前，絕不容許主人有絲毫損傷。」

柏宇記起與黑龍一起作戰的一幕，黑龍早已認定自己為唯一的主人。

「雖然黑龍和紅火龍是一對，可是當天臣服於你的黑龍無論如何也不肯歸順我，」安納騎上紅火龍說，「我們未分勝負的比試，今天就以龍來決鬥吧！」

柏宇望向黑龍，黑龍閃爍的眸子已作出了回應。

「芯言早就跟我說了，原來你還帶着過去的記憶！你根本從沒有忘記過芯言和我！」

「沒錯，跟你倆相遇的那段日子，還有我們未分出勝負的決鬥，我也從來沒有忘記！」安納直言。

「那為什麼？既然你沒有被洗掉記憶，為何還要與我們為敵？」柏宇質問安納。

「只要與黑暝領主為敵，就是我爵尼勒的敵人！」

安納那深邃的雙眼透出無盡恨意，令他那俊朗的面貌襲上一層陰沉。

柏宇不解地問：「那個正義凜然的安納到底去了哪裏？」

「哼！正義與邪惡根本毫不重要，這個世界只有強和弱之分！」

「黑就是黑，白就是白！就算多強大也好，是與非永遠都不會被扭曲！」

「當你見識過真正的力量，就不會再疑惑。即使是大魔法騎士也得敗走，」安納騎上紅火龍示意地飛起，「只有黑暝領主才配統治這個宇宙！」

「讓我來證明你是錯的！對戰吧！」柏宇騎上黑龍，擺起巨大的尾巴從陽台飛出黑暝堡壘外。

紅火龍拍動着羽翼騰空而起，跟着追了上去。

天空中，騎在黑龍上的柏宇和紅火龍上的安納均散發着懾人的殺氣，雙方絕不退讓的瞪視着彼此。

「砰！」兩條龍尾就像鐵柱般碰擊成響，強大的反震力讓牠們劇烈抖動。

兩條巨龍噴出高溫火焰，半空炸起一聲巨響，金色火花像煙花一樣灑落，強勁的氣流使距離數十米的地面橫掃起一片煙塵，直撲城堡下方正在對壘的黑暝軍團和魔法學校師生。

「柏宇！」芯言聞聲緊張得禁不住止步回頭。

「芯言……」作為守護精靈的騰騰完全感受到芯言的擔憂。

「我們走吧！」芯言眉頭一緊，她明白自己的使命，縱使現在多麼擔心柏宇，也不得不離開這裏，進入下一層拯救露露公主。

「怎樣才可以打開這道門？」芝芝用力推門，厚重的圓門卻紋風不動。

「讓我試試看！」毛毛深吸一口氣，鼓起厚厚的肌肉，退後幾步助跑，用盡全力以雙掌衝擊。

「哎呀！痛啊……」圓門依然不為所動，而毛毛則被那股反作用力震得跌坐在地上，然而圓門仍是完好無損。

「連毛毛的神力也推不動……」芝芝用她的魔法眼鏡察看圓門，發現它一絲破綻也沒有。

「我們不可以放棄的！」芯言呼喚出魔杖，準備傾盡全力使出紫晶力量。

「等等啊……」騰騰喊停芯言。

「嘎——」就在他們一籌莫展之際，厚重的圓門竟然自動打開，宛如地獄之門向眾人招手。

映入眼簾的是另一道往上伸延的螺旋型石梯，大家望着長而幽暗的梯間面面相覷。

「為什麼大門會自動打開？」芝芝不解。

「不管了！」芯言露出堅決的眼神，「我們要趕快救出露露公主！」

「芯言、芝芝，騎在我身上吧！」騰騰蹬起前腿，準備飛奔上去。

這時，騎龍交戰的柏宇彷彿感應到芯言的決心。他沒打算跟安納糾纏下去，因為他知道在下一層等着芯言的一定是更厲害的敵人。早已立誓好好保護芯言的他，只想速戰速決再追趕上去會合芯言。

安納洞悉柏宇心思，他笑着喊道：「放心，戰鬥很快結束，你很快就可以在地獄跟她見面了！」

「可惡啊！」柏宇越心急，戰況對安納越有利，他所操控的黑龍身上越來越多觸目驚心的傷痕。

柏宇發現安納呼召巨龍決鬥，並不是為了一報當年的敗績那麼簡單。此舉實在是高明的策略，因為安納今時今日的馭龍技術比柏宇高超得多。柏宇心知這樣下去，他勢必一敗塗地。

「吼——」紅火龍狠狠地噬咬黑龍的長頸。

「嗚——」黑龍痛苦掙扎，雖然甩開了紅火龍，卻把柏宇拋離龍背。

「啊！風之翅膀，風翼術！」臨危不亂的柏宇使出風之魔法承托急墮的身軀，更飛快地使出冰之魔法，把

一道冰凍霧氣射向黑龍的傷口止血。

在柏宇雙腳着地之際，他火速唸起火之魔法咒語，再配合炎神之刃的威力，雙手握劍朝着紅火龍上的安納劈出似要分天裂地的一擊——

「啊！大地之利刃——破！」

一股似要燒毀一切的火焰烈刃高速襲至，安納來不及閃避，雙腳本能地一蹬躍出龍身，舉起他的雙刃刀正面抵擋柏宇這一擊。

「轟——」

一聲刺耳的爆破聲響起，天空捲起一陣猛烈的熱風，柏宇要把炎神之刃插在地上才勉強穩住身子。

　　「成功了嗎？」強烈的喘息聲蕩漾在寬廣的土地上，剛傾盡全力的柏宇顯得萬分疲憊，他清晰的感覺到體內的力量幾近完全掏空。

　　待熱風、沙塵、煙霧散去，柏宇呆立當場，不敢相信自己眼睛。

　　眼前的安納不僅沒有落敗，更氣勢磅礡地馭空而站。他握着的雙刃刀絲毫無損，身上更穿戴上一件裹着紅色龍紋、散發着幽暝黑芒的盔甲。

　　「怎會這樣的？」形勢逆轉令柏宇信心下挫。

　　「嘿嘿……我不是說過嗎？黑暝領主是最強大的，她賜予我的不止黑魔法力量，還有這件黑暝龍甲，」安納輕撫盔甲上的龍紋説，「我和紅火龍的信任和默契早已超越生死，得到黑暝領主注入力量後，牠就好像我身體的一部分。

　　安納話音剛落，身影已在半空消失，柏宇來不及反應，就陷入一輪瘋狂的黑刃攻擊當中。他給刀刃割得遍體鱗傷，只能憑着意志舉起炎神之刃迎敵，但身上的傷痕變得越來越多。

　　「噹！噹！噹！噹！噹！噹！噹！噹！」刀刃在交鋒。

「颯！颯！颯！颯！颯！颯！颯！颯！」烈風在狂嘯。

「我不可以死在這裏的！」柏宇用盡最後一口氣，旋動手上的炎神之刃，形成一股火龍捲抗敵。

可惜黑魔法力量倍增的安納實在太強了，他高舉着雙刃刀躍起至火龍捲之頂，然後鼓勁一劈而下！

「你認命吧！」一個龐大的身影隨之快速俯衝。

「嗚——」柏宇負傷慘叫。

「轟隆！」大地再次強烈震動。

然後，萬物似被嚇得噤聲靜寂。

「你怎麼始終不棄刃認輸，是什麼支撐你一直戰鬥？」安納用黑魔法幻化出劍刃，並把劍鋒抵着柏宇的頭頂。

意識帶點迷糊的柏宇使盡僅餘的力氣以炎神之刃撐起身，道：「我的力量都是為了保護她！」

「她？」安納想起自己也有要保護的人——他最尊敬的「黑暝領主」。

安納踢開柏宇握不穩的炎神之刃，一腳把柏宇踏在腳下，說：「的確，你比我想像中還要厲害，可是跟我的力量相差太遠了！」

「咳咳……」柏宇被安納的黑魔法壓得喘不過氣來，他勉力抬起了頭，蹲伏在地上的他見到安納抽出雙

刃刀向他刺來。

　　柏宇完全無力抵抗：「芯言……我不能……遵守諾言了……」

　　就在這一瞬間，一層淡淡的光把狠下殺手的安納彈飛，然後團團繞在柏宇身邊。銀白的光似有生命般形成一層無形的魔法防護牆，輕柔地滲入柏宇那副傷痕纍纍的戰甲當中。

　　安納用雙刃刀揮走纏在身上的強光，他憤怒地喊道：「是誰敢阻我？」

　　光芒中呈現了一具閃亮的鎧甲，聖光越發耀目，一陣刺骨的痛楚襲向安納雙眼，教他差點睜不開眼睛。

　　「黑魔法已把你的心完全蠶食了！」一把教安納熟悉不過的莊嚴嗓音從白光中傳出。

　　「聖光魔法陣？」安納感到混亂一片，無數股糾纏的力量在他的身體裏肆意流動衝擊，所有脈搏都被這襲來的白光填滿，他咬着牙關不敢相信，「你竟然還未死！」

　　「爸爸……」柏宇撐起傷疲之軀，望着眼前一副熟悉不過的臉孔，「真的是你？」

　　「還有假的嗎？」柏宇的爸爸另一個身分是魔幻國偉大的大魔法騎士安雷爾。他矮身拍一拍還蹲在地上的柏宇，道：「你這身波拉蘭國最高科技製成的納米戰甲

並不是只有防禦功能，只要注入光之魔法，它還可以開啟快速治癒功能。」

得到安雷爾之助，柏宇身上那戰甲破損的部分迅速修復起來，就連柏宇身上的傷痕也快速癒合，只留下一個又一個淡淡的紅印。

安雷爾運起雄渾的力量，注入柏宇體內：「柏宇，我替你注入了光之魔法，你現在可以公平與他對決！」

「荒謬！」

安納驅散體內的光魔法力量，盛怒的他壓下對安雷爾的畏懼，揮舞着雙刃刀釋放全身的黑魔法力量。他大喊：「就算是大魔法騎士的光魔法，也不可能抵抗無敵的黑魔法，黑暝領主才是最強大的！你們都給我消失吧！」

盡全力攻擊的安納身後隱約出現一隻猙獰的魔鬼，他揮出一擊「暗黑殲滅斬」，直撲安雷爾父子。

「神聖的魔法國度，賜予我無上的正義力量，容我把世上的邪惡都消弭止盡……」

是柏宇！他不單恢復體力，身上的戰甲更散發着前所未見的溫暖白光。

「果然青出於藍。」安雷爾笑了。

「風、火、水、土……光！來吧！聖光魔法陣究極戰技——聖光聖極輪！」

一圈金光燦爛的高速飛輪硬拼上兇猛霸道的魔鬼形相。

　　「轟隆——轟隆——砰！」魔鬼形相開始粉碎。

　　柏宇加催最後的力量，不留半點：「給我消滅附在安納身上的黑暗！」

　　「嘩啊——」

不敵黑暝公主

「踏⋯⋯踏⋯⋯踏⋯⋯」螺旋型石梯一直向上延伸，急促的腳步聲不斷在迴盪。

騰騰載着芯言和芝芝，還有變成小毛球的毛毛一口氣飛奔上數百級樓梯，好不容易到達最頂層。他們一直跟着星之碎片射出的光芒向前行，穿過一條兩旁都燃點着一盞盞蠟燭壁燈的幽暗長廊，最後來到走廊的盡頭，駐足在一幅漆黑色的天鵝絨毛布幕前。

「莫非露露公主就在裏頭？」芯言指着布幕前的紫光和藍光。

布幕突然翻開，一個長着褶傘蜥蜴頭顱及人類身體、身穿深黑色宮廷禮服的侍從緩緩從裏頭走出來，毛毛立即變大身體擋在眾人面前戒備。

「我是黑暝堡壘的六眼魔獸執事長，黑暝領主在裏頭等着你們。」六眼魔獸執事長並沒有作戰的打算，他歪着脖子傳話後便逕自返回布幕後。

「黑暝領主？那麼露露公主呢？」芝芝立即追問，可是六眼魔獸執事長卻沒有回頭，更沒有回答。

「騰騰，我們應該怎樣做？」毛毛轉身問。

「星之碎片的光芒確實指着裏頭，我相信是露露公

主向我們發出的呼喚。」騰騰環視四周，在他們面前就只有這個入口。

「可是，這會不會是個陷阱？」芝芝感到憂慮，她的魔法眼鏡竟然探測不到在布幕後的任何力量。

「我們已經來到這裏，就算真的是陷阱，這一刻也別無選擇了！」充滿着堅定信念的芯言鼓勵着芝芝，「芝芝，我們是星之魔法少女，無論遇上什麼障礙，只要齊心就一定能克服！」

「嗯！」芝芝被芯言的信念感動，二人對視點頭，然後從騰騰身上跳下來。

「我們闖進去吧！」兩個女孩掀開布幕，緊挨着彼此，步步為營的遠遠跟着六眼魔獸執事長前行。

踏進大殿，眼前赫然呈現懾人的莊嚴景象，地面是一整塊巨大而沒有拼接縫隙的黑色水晶，兩側聳立着雕滿典雅花紋的宏偉石柱一直伸延到大殿盡頭，映在天花板上的吊燈燭光輕輕搖晃，彷彿夜空中的點點繁星。

空氣中凝聚着沉鬱的氣味，一行人踏着黑色羽毛編織而成的地毯踽踽而行。

走了感覺漫長的一陣子，六眼魔獸執事長恭敬的踏上像波紋一樣層層漾開的梯級來到黑暝領主跟前：「領主，他們已被帶到。」

一位全身散發出奪人心魄的黑芒、外貌出塵脫俗的

少女端坐在晶瑩剔透的寶座上。

烏亮的秀髮如瀑布似的從肩膀垂落，與白雪一樣顏色的臉龐配襯着陶瓷般一碰就要碎的精緻五官，還掃上了一副冷若冰霜的表情。

她已經等候多時。

「她……她就是黑暝公……不，黑暝領主嗎？」芯言抑壓震顫的聲音問騰騰。

「沒錯，她就是納妮，曾是露露公主最要好的朋友。」騰騰痛心地説。

芯言按捺着狂跳的心，鼓起勇氣走上前問：「你把露露公主囚禁在哪裏？」

黑暝領主怔怔地凝視着緊握光之魔杖的芯言。

「我並沒有囚禁她。」黑暝領主有着震懾全場的氣勢，但她的嗓音卻比想像中更要柔弱。

「你沒有捉走露露公主？那麼她到底在哪裏？」芯言追着問。

「哼！你很沒禮貌，這是在質詢領主嗎？」六眼魔獸執事長厲聲喝道，他頸部的薄膜立即像荷葉邊的衣領一樣張開。

「沒事。」黑暝領主淡淡地説。

六眼魔獸執事長怒視着芯言，彷彿在警告她注意言行。

黑暝領主輕輕撩了撩耳邊的髮絲，若有所思地喃喃自語：「當星光寶石被打碎，露露就在我眼底消失……去了哪裏？我也很想知道。」

　　「怎麼會……」芝芝腦袋一轉，連忙問，「那麼，你……你為什麼要摧毀星光寶石？為什麼要征服魔幻國？」

　　「我沒打算征服魔幻國，」黑暝領主的眉頭失落地皺起，不過她很快就收起那一絲悲傷，「摧毀星光寶石才是保護露露的唯一方法。」

　　「要摧毀星光寶石來保護露露公主？這解釋太離譜了吧！」毛毛不忿地説。

　　「一直以來整個宇宙都對星光寶石的力量虎視眈眈，」芝芝托起魔法眼鏡推測着，「而露露公主是星空王域的繼任人，負責守護星光寶石，要不斷防避敵人的襲擊……」

　　「你很聰明，」黑暝領主把玩着胸前掛着的黑色寶石頸鏈道，「這實在令她太累了，只有星光寶石消失，露露才會安全。」

　　芝芝環視四周，感覺到渾身不對勁，她對身邊的毛毛輕聲説：「露露公主不在這裏，我們可能中了黑暝領主的圈套。」

　　黑暝領主雪嫩的面頰漾起一抹笑容，回應芝芝：

「你猜得對呢！這次設計把你們引來，就是為了徹底毀滅星光寶石。」

突然，一隻胖嘟嘟的小青蛙拉着兩個用布遮蓋的巨型鳥籠前來。

「領主，呱，我已照你的吩咐活捉她們。」小青蛙用崇拜的眼神肅然起敬地向黑暝領主行禮。

「所有星之碎片都到齊了。」黑暝領主冷冷地説。

「還有這兩個丫頭，讓我來代勞吧。」小青蛙向着芯言和芝芝瞟了一眼。

「青蛙將軍，這裏沒你的事了。」

「那麼我先回去，領主。」小青蛙吐出又長又黏的舌頭，把捲着的銀匙交給六眼魔獸執事長，然後他的身體就像溶化一樣逐漸暈開，消失於無形。

黑暝領主輕輕彈指，鳥籠的布簾隨即被掀起，裏頭困着的正是昏倒過去的鎋玥、希比、泠泠和熒熒。

芯言心急如焚地叫：「快放了她們！」

「你們想要保護自己的朋友，」黑暝領主眨着濃密而捲翹的睫毛，一雙漆黑深邃的眼眸下混和着茫然和哀傷的神色，「而我想要保護的是露露。」

芯言完全不明白黑暝領主的歪理，她忍不住喊道：「好朋友是無論如何也不會傷害對方的！露露公主因你而失蹤，這怎可以説是保護她？」

找回真摯的心，在最黑暗的深淵喚醒被掏空了的情感！

芝芝臉上露出疑慮的神色，她想起奧滋丁校長的信箋，並反覆思量着黑暝領主的話。

「為什麼她説要保護露露……」芝芝一邊陷入深深的思考，一邊輕聲地念叨着。聰穎的她靈光一閃，似乎已猜到箇中原委。

「你這樣不是在保護露露公主，你只是被利用了！」芝芝毫不忌諱地直言，「黑魔法在不知不覺間入侵了你，甚至利用你害怕失去露露公主的恐懼來蒙蔽你的理智。」

芝芝的話讓黑暝領主的心產生強烈的悸動，使她的思緒全然紊亂。

「對，魔幻國眾公主承繼了犧牲自己來保護領土的使命，露露公主也不例外！」騰騰説，「她絕不會因害怕而放棄公主的使命！」

「公主的……使命？」黑暝領主覆誦着騰騰的話，淚水不知不覺淌下來，彷彿一股深沉的哀痛流經肺腑。她明明覺得自己做得對，怎麼會感到痛徹心扉的呢？

她呢喃着：「我做的所有事全是為了她……」

難道是內心深處在哀鳴？這想法帶動的衝擊讓黑暝領主嚇了一跳，然而哀痛過後有一股溫柔的暖意由她心

中旋湧而出。

　　同一時間，一把儡人的聲音在黑暝領主的耳邊傳來：「殲滅星之魔法少女，消滅星光寶石！」

　　陰暗的黑影隨即從四方八面竄入黑暝領主的身體，她的瞳孔漸漸從清澈的漆黑回復混濁的暗灰。

　　「通通給我住口，快把星之碎片交給我！」黑暝領主伸出手，一股詭異而無形的強大壓力頃刻在空氣中凝聚，所有人彷彿被無形的巨掌緊緊勒住，想動也動不了。

芯言、芝芝，還有昏倒的鎰玥和希比胸口發出奇異的光芒，看來是黑暝領主用黑魔法強行抽出藏在她們體內的星之碎片。

毛毛使出所有魔法力量再次變大身體，原本孔武有力的他一下子變得更加強壯。他紮穩馬步，令雙腳如樁柱般穩固，以自己的身體當作堅硬的冰牆，暫時擋住黑暝領主的魔法攻擊。

「逢！」僅一會毛毛已被黑魔法殛得遍體鱗傷，還被轟飛開去。

不過毛毛的犧牲並沒有白費，即使只爭取到短短數秒，芝芝已能夠擺脫制肘，用雙手做出三角形手印。

「藍晶魔法手套，轉化力量！」她唸出咒語，運用藍晶力量把向眾人襲來的凌厲黑魔法攻擊轉化成無數顆圓滾滾的魔法水珠，並在千鈞一髮之間凝結在身前。

「芯言！」芝芝喚。

心領神會的芯言雙手扼緊光之魔杖，指着黑暝領主。

「紫晶星光力量，紫光飛環！」她施展攻擊魔法，一輪輪耀眼的紫色光環隨即襲向黑暝領主。

芝芝沒有怠慢，她知道單憑芯言的紫晶力量並不足夠，天資聰穎的她臨陣變招，動用藍晶力量把黑魔法凝結而成的水珠集合起來，再用星光力量擊出。

「藍晶星光力量，冰極光球！」

一顆披上一層藍晶冰霜的黑魔法球以極速緊隨在紫光飛環後，目標同樣是──

黑暝領主！

「好……好強啊！」軟癱在地的毛毛半睜着眼喊道。

「太可笑了！」黑暝領主散發出目空一切的傲氣，「這種力量才稱得上強大！」

面對兩人的攻擊魔法，黑暝領主不閃不避，就連防衞的姿勢也沒有築起，任由紫晶和藍晶力量往她身上打去。就在兩股星之魔法少女傾盡全力的攻擊襲到之際，時間猶如停止……

數十個紫光飛環和巨大的冰極光球凝滯在黑暝領主不到五厘米身前，吋進不得，但騰騰看得出她們的攻擊沒有停止，而是無法鑽進黑暝領主的護身氣場。

「啊──」芯言仍然不肯認輸，「飛環……前進吧！」

芯言堅定的眼神令黑暝領主感到莫名的厭惡，她睥睨着芯言，唸出：「蘊藏在夜空的暗魔法……」

透過魔法眼鏡，芝芝看到令人驚恐的力量，她下意識用魔法手套迅速結起……

「毀滅吧，暗黑旋渦！」黑暝領主黑色的裙擺飛

揚，鑲嵌在裙角的閃爍寶石反射着魔魅的光影。

半空中湧起飛速旋轉的氣流，像一個大旋渦似的想要把所有力量統統吸進去。

暗長光消，紫光飛環、冰極光球盡被黑暝領主釋出的旋渦絞碎，還直直的衝向芯言和芝芝！

「冰之壁！」芝芝早就做好準備奮力抵抗。

「紫晶鎖鏈防衛網！」芯言及時使出最強的防禦招式。

三股力量激烈對碰，但結果竟然是一面倒。

「咔鏗！咔鏗！」冰之壁粉碎！

「鏘鋃⋯⋯鏘鋃⋯⋯」紫晶鎖鏈全數斷裂！

芯言和芝芝的防禦完全被黑色旋渦擊潰，她們被旋渦的餘波捲上半空再狠狠摔下來。

「就連露露也不是我對手，你們幾個無疑是以卵擊石！」黑暝領主離開她的寶座，一步一步走到芯言身邊。

「芯言⋯⋯你怎麼樣？」撞向石壁的芝芝勉力爬起，但她沒理會自己的傷勢，反而擔心比她受到更大衝擊的芯言，可惜渾身發抖的她體力透支，連丁點藍晶力量也凝聚不起。

芯言一動不動倒在地上，而黑暝領主近在咫尺，想向芯言施加毒手，眾人卻欲救無從。

「露露誓死也要保護星光寶石，」黑暝領主使出魔法，把昏倒的芯言懸浮在空中，她仔細地察看芯言，突然緊皺着眉，流露出莫明其妙的憤怒，轉而高喊道：「但她竟然把星之碎片交給一羣不堪一擊的弱者！」

黑暝領主運起比剛才更厲害的黑魔法，盛怒下的她把芯言困在黑魔法光球內，教一直昏迷不醒的芯言痛苦萬分。

「不要——」芝芝情急下打出她僅僅積聚的藍晶力量，「水之光……」

就在最危急之際，一束紅光與一束黃光極速攻向黑暝領主！

「紅晶星光力量，火鳳凰穿雲箭！」

「黃晶星光力量，雷電套索！」

是希比和鎢玥，她倆的突擊令毫無準備的黑暝領主迫不得已出手防衞，而一直等待機會的毛毛立即飛奔撲前把芯言救走，抱回芝芝身邊。

「你兩個小鬼，怎麼可能逃出……」黑暝領主望向囚禁鳥籠，發現原來騰騰趁眾人交戰期間，悄悄地變回小兔子模樣走近六眼魔獸執事長，乘他不備將之擊倒，並取去鑰匙開啟閘門，救出希比、鎢玥、熒熒和泠泠。

「原來是你這隻討厭的兔子！」黑暝領主分出左手瞄準騰騰，準備發出黑魔法攻擊。

希比沒有打算讓黑暝領主有分神的機會，她跟鎐玥打了個眼色，立即鼓動星之碎片的最大力量，說：「來吧，熒熒！」

躍上半空的希比瞄準黑暝領主，高呼：「迷幻紅晶，星之火箭！」

霎時間，漫天火箭如幻彩般從四方八面圍襲黑暝領主。

鎐玥並沒有參與攻擊，她跑到芯言和芝芝身旁，握着她倆的手唸起咒語：「復原治療，傷痛速消！」

芝芝只感到一股暖流湧入體內，不僅傷患消失，失去的體力和魔法力量更逐漸填補。而刻下仍然昏迷的芯言亦開始重拾意識，悠悠蘇醒過來。

黑暝領主大怒，她發出凌厲的黑魔法力量掃走希比攻來的箭矢。但同一時間，希比的攻勢還未終止。

「希比，真的可以把她擊倒嗎？」化成鳳凰之弓的熒熒問。

「相信我！一定可以的——」希比鼓起全身力氣拉弓射箭，「火鳳凰天羅地網！」

只見一枝枝纏着烈焰的火鳳凰箭矢插在黑暝領主四周，然後延伸出紅晶力量結成巨網，把黑暝領主牢牢地困在其中。

剛救援芯言的鎐玥見機不可失，馬上撲過去使出她

的最強攻擊：「玄幻黃晶，雷霆萬鈞！」恍似天雷般的電力轟向被困網中的黑暝領主。

「水幻藍晶，水之光環！」恢復體力的芝芝亦重整旗鼓，從後施展攻擊魔法。

「轟隆──」三股星之碎片的力量結結實實地轟擊在黑暝領主身上！

「還未夠力量抗衡啊！」透過魔法眼鏡，芝芝發現黑暝領主的魔法力量並未消褪。

鎐玥傾盡全力，釋放電流；希比也動用魔幻之火，發動最後一箭。

黑暝領主瞬間給火焰與雷電淹沒。

「芯言，靠你了！」鎐玥高喊。

「古老的光之魔法至高無上……出來吧，神聖的光之魔杖！」芯言把魔杖高高舉起，喊道，「銀幻紫晶，淨化！」

一襲紫光從芯言四周溢出，射向飽受攻擊的黑暝領主。

「夠了──」被圍攻的黑暝領主怒喝一聲，聲音夾雜着強大的黑魔法力量，把四股星光力量擊得潰散。瞧她的樣子，她看似憤怒至極點。

「你們統統消失吧！」黑暝領主舉起雙手擺出交叉陣式，狠狠喊道：「蘊藏在夜空的暗魔法，黑暗宇宙星

塵！」

　一襲濃烈的黑芒直衝向眾人⋯⋯不！是直指向芯言！

　「嘩！」黑暝領主的攻擊完全命中芯言胸口上的星之碎片，教芯言痛楚徹骨。

　「芯言！」騰騰驚呼。

　別無選擇，芝芝決定把所有藍晶力量貫注芯言。

　「水幻藍晶，施展你最耀眼的光芒！」

　鎐玥、希比沒有多餘思考，立即跟隨芝芝行動。

　「迷幻紅晶，施展你最耀眼的光芒！」

　「玄幻黃晶，施展你最耀眼的光芒！」

　「啊──」身受三股星光力量的芯言孤注一擲，「銀幻紫晶，施展你最耀眼的光芒！」

　「怎會這樣的？」毛毛驚訝。

　「騰騰，是⋯⋯是⋯⋯」泠泠不敢相信眼前所見。

　「這星光跟上次的一模一樣啊！」燊燊不會忘記，當天就是依仗這力量擊敗賽斯迪。

　眼前憑空呈現了一顆水滴型的寶石，它透射着柔和的光芒，有如波光粼粼的大海。

　「終於出現了。」黑暝領主顯得比任何人都要冷靜。

　「不⋯⋯不止星光啊，那寶石真的是⋯⋯」在場一眾守護精靈中，就只有騰騰親眼見過，「是星光寶石

啊！」

「芯⋯⋯芯言⋯⋯她！」不止驚喊中的芝芝，在場每一個人同樣察覺到。

與黑暝領主爭持不下的芯言在星光繚繞下，竟然出現了意想不到的變化。

「公主？」

在星光寶石的光芒裏，漸漸浮現出一個高貴的公主身影。

原本穿着戰鬥服的芯言霎眼間換上了一身星光閃閃的華麗公主裝束，而這身裝束配合懸浮在她胸前的星光寶石，教黑暝領主最熟悉不過。

隨着黑暝領主釋放渾身的黑魔法，她的目光顯得邪惡無比，聲線也變得沙啞低沉，好像變成了另一個人似的。她陰沉地喊道：「只要我把星光寶石摧毀，這個世界就再沒有人可以把我禁制！星空王域的守護者，消失吧！」

星光寶石的光芒給黑魔法逐漸掩蓋，而全力抗敵的芯言在黑暝領主不斷加催力量下露出痛苦的神情。一浪接一浪的攻勢無情地襲向芯言，惟一眾戰友卻無法介入這場戰爭。

終於⋯⋯

「咔啦──」剛重組的星光寶石再度龜裂了！

星光寶石力量

「露露、納妮，光與暗的存在從來都不是相剋。相反，有光就有暗，沒有一方會被對方完全取代。」

「但是，光與暗不能夠同時存在啊！你看，太陽出來的時候，漆黑的一切都會被驅趕。」小納妮一臉不解望着安雷爾老師。

「當你們深明宇宙的規律後便會發現，光與暗是互相依存，只有兩者圓融配合，才能夠發揮出最大力量，而這就是魔幻國世代相傳的極致魔法。」安雷爾雙手拍拍小露露和小納妮的頭。

「露露明白啊，就好像我和納妮一樣，我是光，納妮是暗。我們兩個好朋友會一直互相扶持，這樣就不怕任何困難和危險了！」小露露天真地甜笑着回應安雷爾。

「你們要記住我今天所教的，將來宿命之戰來臨，魔幻國的安危就繫在你們手上。」

「有光就有暗嗎？」黑暝領主腦海突然閃過兒時的片段，她緊皺着眉，「但我最討厭就是光啊！」

「咔啦──」星光寶石上的裂紋越來越多。

「我一定要把你摧毀！」黑暝領主再次發力，使她

的樣貌變得更猙獰。

「芯言——」一眾守護精靈根本無法突入兩股力量交戰的氣場。

騰騰只得眼白白看着芯言受苦，他急得忍不住掉淚：「怎麼辦……露露公主，請教教我！」

「現在誰也救不了這個冒牌公主了！」黑暝領主舉起手，手心生出一個駭人的旋渦，其中散發着一股足以吞噬所有生命的力量。

「玩夠了，就讓我替你們打開地獄之門，一個不留地吞噬吧！」黑暝領主掌心的旋渦旋動時引起強大的吸力，她喊道，「幽暝黑洞！」

一時間，傷疲不堪的星之魔法少女與守護精靈通通被吸扯向黑暝領主手中的黑洞，而芯言胸口上的星光寶石快要抵不住黑洞的威力而粉碎！

沒有比現在更危急的情況了！

「以神聖之名，朗基努斯光之槍轟擊！」一束耀目的光極速射至，直指向勝券在握的黑暝領主。

「是你？」黑暝領主對眼前的攻擊不敢輕視，她知道這枝聖槍的主人是誰，於是放棄攻擊芯言等人，雙掌迎上「朗基努斯光之槍」！

「砰！」黑洞消散，被貫上極光的「朗基努斯光之槍」則被轟得倒插在芯言身前。

差點虛脫的芯言察覺到一隻強而有力的手搭在她的肩膊上，支撐着她的身體，同時感應到一股既溫暖又強大的力量湧入體內。她回身一望，見到扶着她的正是一位穿着一身盔甲，臉帶慈祥笑意的中年男人。

「你是⋯⋯」芯言不認識他，但覺得有種似曾相識的感覺。

「大魔法騎士！」希比興奮的叫出來。

「安雷爾‧普名。」黑暝領主的臉色變得很難看。

「你就是大魔法騎士？」芯言一怔，說，「那你不就是柏宇的爸爸嗎？」

「你這個遲鈍怪現在才想起？」這把熟悉的聲音屬於柏宇，縱使他傷痕纍纍，仍然遵守約定來到這裏跟芯言會合。

「討厭鬼！」芯言的眼眶凝滿了開心的淚水。

芯言還想跟柏宇說些什麼，但被安雷爾的傳心術打斷了。不僅如此，她更發現剛才湧入體內的力量並未停止，還越來越強烈。安雷爾吩咐芯言：「收斂心神，接收我送給你的禮物吧！」

沐浴在大魔法騎士強大的光魔法力量下，芯言傷疲盡消，星光寶石上的裂紋也修補好，綻放出比剛才更耀眼的星光！

黑暝領主驚覺勢色不對，立即唸起黑魔法咒語，誓

要一擊盡殲眼前的威脅。

「蘊藏在夜空的暗黑之源，比利刃更鋒利的怨念之心，黑暗宇宙風暴！」

「芯言，我已把所有光魔法力量注入你體內，」安雷爾半跪在地上，「盡情發揮你身上的力量，創造奇跡吧！」

「謝謝各位，我會保護大家，也會守護好魔幻國！」芯言舉起握着光之魔杖的手，堅定地唸道，「古老的光之魔法至高無上，星光寶石力量淨化！」

樓層內兩股驚天動地的正邪力量互拼，產生了強大的氣流，把眾人吹得東歪西倒。在中央比拼的兩人縱使承受着壓倒一切的力量，內心仍然無法遏止擊倒對手的願望。

「芯言，挺着啊！」各位戰友在心裏祈求着。

「你以為加上安雷爾的力量就可以擊敗我？太天真了！」黑暝領主的力量漸漸逼近芯言。

「難道我始終都不能守護大家？」再次處於劣勢的芯言猶疑了。

就在這時，一雙溫暖的手握着芯言的手，一把溫柔而令人安心的聲音在芯言耳邊響起：「相信自己，就正如朋友相信你一樣。」

芯言抬頭一望，發現身後出現了一位美麗的公主，

她擁有高貴的臉孔、堅定的眼神，還有一身星光璀璨的衣飾。

「來吧！我們一起驅逐邪惡，拯救魔幻國，拯救我的摯友——納妮！」那位公主牽着芯言的手。

「是露露？你竟然一直藏在這裏……」黑暝領主大吃一驚。

「原來露露公主寄存在四塊星之碎片上！」騰騰高興得大叫。

「芯言，準備好了嗎？」露露公主望着芯言，芯言心照不宣地點頭。

「古老的光之魔法至高無上，星光寶石力量，璀璨光華！」光之魔杖散射出柔光渲染一切。

光明瓦解了黑暝領主的攻擊，威力無可匹敵的星光力量更穿透她的身軀。

「成功了！」芝芝忍不住叫出來。

「咦？她身後的是什麼？」視力最佳的鎔玥第一個觀察到那道不尋常的黑影。

「是大魔王的真身！」大魔法騎士安雷爾喊道。

「嗚啊——」黑暝領主雙手掩着心坎痛苦大叫，身後那黑影無法繼續潛伏在滲透着星光力量的身體。

「嘎嘎——」一陣宛如從地獄底層疾衝出來的可怕吼叫聲響遍天際，黑暝領主昏倒地上，而她身後的黑影

則漸漸形成一個恐怖的惡魔模樣。

　　整座堡壘不停劇烈晃動，一股咄咄逼人的黑魔法力量從大魔王身上散發出來，被轟離黑暝領主身軀的大魔王並沒有因而消失，反而掙脫了枷鎖帶動來自宇宙黑洞根源的黑魔法力量，試圖毀滅整個魔幻國。

　　「哈哈！我終於回復自由了！」半空中的一雙大眼睛像熔岩似的燃燒着。

　　「什麼？」突如其來的變故令眾人嚇得完全不懂得反應。

　　「這小妮子洞悉我想征服魔幻國的企圖，於是利用自己的身軀作為容器，把我封鎖在她的體內，以限制我的力量。」大魔王笑說，「可惜她太高估自己的能力，我雖然被她囚禁着，卻輕易地控制了她的心智，令她成為我的傀儡！」

　　「可惡，原來一直都是你做的好事！」騰騰怒不可遏地道。

　　「我不會讓你如願以償的！」露露公主說。

　　「保衛魔幻國怎麼可以缺少我們？」這個時候，三道時空傳送門出現在露露身邊，森林公主、冰雪公主和海底公主一同現身黑暝堡壘。

　　「芭亞、維莉、蒂莎，你們都來了！」露露欣喜地道。

「任務都成功了吧？」安雷爾一邊說，一邊使出魔法召回「朗基努斯光之槍」，站在露露公主身旁護衞。

「我們已把所有王域收復，現在只剩下面前的大魔王！」森林公主芭亞興奮地說。

「就憑你們就想把我收拾？太可笑了！」幽浮在半空中的大魔王咧嘴發出一聲冷笑。

「我們也要戰鬥！」倔強的希比站起來，即使耗盡了紅晶力量，她仍然能夠運用火魔法勉力拉起鳳凰之弓。

「對，我們也可以出一分力量！」受到希比感染，芝芝也鼓起幹勁，運起冰魔法準備使出最後一擊。

「你們不要漏掉我。」是鎐玥，她自信自己的雷電魔法也可以幫上忙。

挽着父親安雷爾之手站起來的柏宇揮動炎神之刃，指向大魔王喊：「爸爸，我們並肩而上。」

「大家……」芯言被眼前的畫面感動，她使勁將雙手灌注力量，「就給他一點顏色吧！為所有因他受苦的人討回公道！」

守護精靈被一眾星之魔法少女的行徑感動得拭淚。

「噢，怎麼我們變成了不中用的弱者，要小輩們保護？」森林公主芭亞嘴裏說笑，雙眼卻一直沒有離開過大魔王的身影。

「呵呵，只怪我們太遲出場了吧！芭亞、維莉，我們就認真一點，給這些小魔法師們留下一幕刻骨銘心的戰鬥場面啦！」海底公主蒂莎的魔法力量如水洶湧。

冰雪公主維莉望向身後四個女孩，威嚴又溫柔地道：「是時候將責任交予我們了，謝謝你們一直為魔幻國拚命付出。」

露露公主對芯言等人說：「謝謝你們，你們的表現真的很優秀。維莉說得對，接下來的事情就交由我們處理吧。」然後她唸起咒語，讓身前的星光寶石綻放出奪目光輝。

「說夠了沒有？我要把整個魔幻國連同宇宙的希望光源全部吞滅掉！」

三位公主使出傳心術對露露公主說：「露露，這一次就讓我們一起面對危機，對抗大魔王吧！」

「來吧！集合我們之力，全面解放星光寶石的力量！」露露公主得到大家支持，顯得更是堅定。她轉身對安雷爾說：「老師，拜託你保護他們了。」

安雷爾手握着的「朗基努斯光之槍」尖鋒閃耀出一陣炫目銀光，他向着大魔王吶喊：「我不會讓你再傷害魔幻國的任何人！」

「潛藏宇宙深淵最黑暗的魔法力量，黑暗宇宙滅絕！」一襲足以摧毀整個宇宙的力量從大魔王身上源源

不絕的湧出來。

「星空！」

「海洋！」

「森林！」

「冰雪！」

四位公主各自施展代表每個王域的力量，一起呼喊：「魔幻水晶力量！璀璨的星光寶石攻擊！」

兩股力量互拼爆發出極強的利刃氣流，安雷爾立即握着插在地上的「朗基努斯光之槍」，發動防禦陣式，他高喊：「『朗基努斯光之槍』圓陣！」

一陣極光由安雷爾作為起點，向四方八面擴展出一個圓形，把芯言等人通通包裹在內。這防衛魔法陣剛形成，利刃氣流已急衝而至！

「嘩！好厲害啊！」

「他們遠遠超越我們的等級啊！」

「根本沒有我們插手的份兒。」

眾人面對如斯強大的力量，心悅誠服。

「糟……糟了……」芝芝自言自語起來。

「什麼？」騰騰半睜開眼，驚見兩股角力中的力量快要失衡！

大魔王的黑魔法力量漸漸壓倒星光力量！

「各位，我們不可以輸的！」雖然陷於劣勢，露露

公主還是鼓勵眾人。

「當然不可以再輸一次！」森林公主芭亞雖嘴硬，但排山倒海的壓力教她快要喘不過氣。

「嘿嘿！原來星光寶石就只有這麼一點威力，我實在太高估你們了，應該早早就把你們殲滅！」狂妄的大魔王釋放吸取自宇宙的邪惡黑魔法力量，使四周的空間開始扭曲。

安雷爾心知不妙，他知道空間扭曲代表魔幻國岌岌可危，隨時會被吸進大魔王的宇宙黑洞當中，而他亦意識到星光力量不能全面施展的原因……

他望向黑暝公主納妮倒下的地方。

「納妮呢？」安雷爾發現黑暝公主不見了。

「星光寶石，讓我貫注所有魔法力量吧！」這一把聲音屬誰？

「納妮！」露露公主驚喊，「你終於變回我認識的那個納妮了！」

「太好了！」海底公主蒂莎叫道。

「這樣大魔王的末日來到了！」森林公主芭亞興奮地笑說。

黑暝公主納妮原來已經蘇醒過來，趕緊走到幾位好朋友身邊，與她們一起作戰。

黑暝公主終於開口：「我不會再受你擺布，我要

為自己贖罪，我要為魔幻國而戰！我要為同伴而消滅你！」

「你要來壞我好事？」大魔王大怒，「那你就跟她們一併消失吧！」

「各位，請給我力量吧！」露露知道是時候了，「星光寶石力量——」

她雙手合攏結起魔法手印，唸起星空王域公主繼承人世代相傳的極致魔法咒語。

「光之魔法・無垢・淨化！」

集合五位公主的力量，星光寶石就像被解鎖一樣，整個空間溢滿比剛才強上百倍的星光力量，使大魔王的力量一一潰散，更包圍住大魔王似虛還實的身軀！

「你們給我記住，我還會再回來的……」大魔王暴怒的聲音彷彿被一個大盒子關起來。

「成功了！」緊抱着騰騰的芯言激動地喊出來。

「嘎……這才是星光寶石的真正力量……」大魔王不忿地嘶喊，「就算這樣，你們還是沒法子消滅我！」

「不要讓他逃走，」安雷爾向着納妮叫道，「光暗一體，互相依存，圓融配合，光為淨化，暗為絞滅。納妮，解放黑暝秘域世代相傳的禁忌力量，配合光來使出魔幻國的極致魔法吧！」

「老師，我終於明白了！」納妮閉上眼睛展開雙

臂，昂首唸出黑暝公主繼承人世代相傳的禁忌魔法咒語，「暗之魔法‧終結‧絞滅！」

半空中霎時凝聚出一圈又一圈寫滿魔法咒語的漆黑圓環，一股無法抵擋的力量從納妮翻飛的手腕激射而出：「黑暝輪盤攻擊！」

一連串急速旋轉的輪盤攻擊使大魔王的形相絞得扭曲，狂暴的嚎叫聲劃破天際。

大殿上出現了一幅奇異的景象，光與暗竟沒有互相排斥，反而圓融結合，生生不息地自轉，最後把大魔王完全扭曲，再將他收歸光和暗交匯的中心點。

「啪！」中心點閉合然後消失，達致平靜。

「我們成功了吧？」幾近虛脫的納妮無力地倚在露露身上。

「是的，我們成功了。」露露公主緊抱着久別重逢的摯友，忍不住流下眼淚，「這些日子以來，一直要你一個人受苦……」

納妮抬頭望着露露，眼眶滿是淚水，她真誠地道歉：「對不起……」

這時，大魔法騎士安雷爾‧普名一雙令人信賴的手搭在二人的肩膀上，笑說：「總而言之，我們將一切都解決了！」

再會魔幻國

黑魔法危機解除後，魔幻國的五塊領土終於迎來和平。

閃爍的繁星照耀整個魔幻國，星空王域堡壘再次綻放出七色幻彩光芒，魔幻國幾位公主齊集，準備嘉許四位星之魔法少女和柏宇。

「芯言、芝芝、希比、鎵玥，還有柏宇，這次為了救我，大家都超越了生死的試煉，真不知怎樣感謝你們！」露露公主向眾人鞠躬致意，她的聲音猶如銀鈴般甜美。

「全靠你們，魔幻國才能回復原貌。」身體仍然虛弱的黑暝公主走向芯言等人，露露公主連忙上前挽着她。

「自得到星之碎片到現在，我們經歷了許多難忘的事。」芯言如釋重負地道，「呼，我從前沒有想像過自己會完成使命！謝謝你對我們的信任！」

「對呢！當時的你怕事、傻氣又懵懂，你替我改的名字都是非一般的難聽，什麼胖胖、腫腫、漲漲、包包、爆爆！」小兔子形態的騰騰笑着說，「怎會聯想到她能成為拯救魔幻國的星之魔法少女！」

「我想出來的都是與你身形合襯的名字，我覺得比你真正的名字『亞古力多克司』更好聽呢！」芯言噘起嘴巴氣呼呼地說，「你還不是一樣粗心大意！起初失去記憶的你毫無預兆地在我面前伸出手腳變身，把我嚇得半死，還有好幾次在變身成髮夾時不斷說話，差點就給別人發現了！」

「你們別裝生氣了，其實在你倆心底都很重視對方。」芝芝抱着小毛球形態的毛毛感懷地說，「守護精靈在這段日子一直與我們一起面對考驗，大家已建立了深厚的感情。」

「沒錯，熒熒是我出生入死的好戰友。她的火焰總能燃起我的鬥志，令我更加堅強。」希比伸出手臂，神氣的熒熒在同一時間飛過來落下，展現着她們絕佳的默契。

「幸好由我來守護希比，不然其他守護精靈可追不上她戰鬥的變化！」自命非凡的熒熒維持一貫高傲的態度。

「別遺漏了泠泠，不是她在危急關頭趕到，大家早已捲入賽斯迪的黑暝囚牢了！」鎐玥向泠泠打了個眼色，她絕不要自己的守護精靈被忽視。

「呵呵，別誇獎我了，你弄得我冰凍的身體也滾燙起來！」泠泠偷偷笑說，「但不得不提，你是我遇過學

習能力最強、領悟能力最高的魔法師呢！」

「哎呀，女生都喜歡互相奉承！真沒你們辦法！」柏宇一手掩着眼，無奈地說。

「你們都各有所長，全靠大家合作才能發揮最大的魔法力量！」冰雪公主維莉欣慰地向着大家微笑。

「沒想到你們年紀小小，竟然有着這麼大的決心和毅力，勇敢對抗比自己強大得多的敵人！」海底公主蒂莎鼓掌說，森林公主芭亞也點頭和應。

「你們都是魔幻國的大恩人！」露露公主說，「你們願意繼續留下來嗎？」

「好呀，我可以作嚮導帶你們遊覽魔幻國呢！」小牧急不及待地拉着芯言的手。

「不過……」芯言還未説完，就被森林公主芭亞打住。

「對呀，現在正好是魔法學校招生的季節呢！」森林公主芭亞把指頭放在嘴唇邊。

「真的嗎？我可以在這裏學習更高級別的魔法？」柏宇瞪大雙眼問。

「當然！」森林公主芭亞說，「大魔法騎士也是客席教師，不過他現在又不知去了哪裏冒險！」

「什麼？爸爸也是魔法學校的老師？」柏宇興奮地叫。

海底公主蒂莎向芯言等人解釋：「雖然你們體內已沒有星之碎片，但你們已掌握如何運用魔法元素，要成為魔法師也不是難事！」

「我們已離開了地球好幾天，家人朋友也會擔心的。」芝芝為難地説，「我想我是時候回家了。」

「那麼我們不就要分別了嗎？」毛毛扭着芝芝，不捨地説。

「我也非常不願意與你分開，謝謝你一直對我的愛護。」芝芝緊緊的抱着毛毛。

「你們可能不知道，地球的課業不是一般的繁忙，再不回去溫習很快便會落後他人，下學期的成績對我們升學很重要！」鎵玥想起一直照顧她那年邁的外婆，亦想起家中堆積如山的功課，煞有介事地説。

「這個我可以證明！」泠泠搖着頭，向鎵玥難過地説，「鎵玥，你千萬要保重啊！」

「泠泠，我會掛念你的！」鎵玥鼻子一酸，雙眼也紅了。

希比認真地思考了一會，回答：「謝謝你們的邀請，雖然我有興趣鑽研魔法，但還是比較想回到波拉蘭國。我答應了大長老，解除魔幻國的危機後便要儘快回去。焱焱，守衛森林王域的重任就交給你了！」

「嗯，我不會令你失望的！」焱焱拍着翅膀説，

「你有時間可要回來探望我啊！」

「芯言，那你想留下來嗎？」騰騰問芯言。

芯言不期然望向柏宇，又望了望其他星之魔法少女，她的腦海一片空白，心中只有迷茫。

「我……」芯言扳着嘴巴低下頭。

騰騰感受到芯言忐忑的心情，她內心是多麼想跟柏宇一起留下來，可是她無法放棄在地球屬於自己的角色。

「你當然要回去地球啦！」柏宇把雙手托着後腦勺，故作瀟脫地說，「以你的資質，在地球學習也差點要留班，還想在魔法學校畢業嗎？」

「你這討厭鬼！」芯言狠狠地揮拳搥向柏宇的胸口，怎料柏宇完全沒有迴避。

「哎呀！痛啊！」柏宇怪叫。

「你為什麼不避開？」芯言意外又氣惱地說。

「因為我想記住這種感覺。」柏宇輕輕撫摸芯言的頭髮，他臉上露出從未展現的難過。

「柏宇……」一股強烈的傷感在芯言的身體內流瀉，眼淚一下子模糊了她的眼睛，她的心彷彿被掏空了一樣，「不可以的……你說過要一直在我身邊……保護我的……」芯言的聲音變得越來越細。

柏宇搓搓鼻尖，凝在眼眸下不動聲色的淚珠終究奪

眶而出，説：「你一定要走的⋯⋯」

哀傷的味道充斥着整個城堡，露露公主難捨地走到芯言面前，其他公主也走到各星之魔法少女跟前，用溫柔的光包裹着四人。

「再次謝謝你們的幫忙，或許這樣對你們是最好的。」露露公主靦腆地對大家微笑。

「再見了，遲鈍怪⋯⋯」柏宇呢喃着。

芯言痛苦地望着柏宇逐漸朦朧的身影，那溫柔的聲音離她越來越遠。

✻　　　　✻　　　　✻

六個月後。

「畢芯言！」一把可怕的聲音傳入芯言的耳朵，是芬尼老師。

「已經是六年級的最後一堂了，你還要在課堂上打瞌睡？」芬尼老師生氣地道。

「啊？」芯言揉着惺忪的雙眼喃喃自語，「是夢嗎？怎麼又是那一個夢⋯⋯」

芯言打了個呵欠，終於發現一雙充滿怒火的眼睛正盯着她。

「芬尼老師！對⋯⋯對不起！我以後也不會了！」芯言回過神來，她雙手合十，祈求老師原諒。

「真沒你辦法！」芬尼老師看到芯言這個學期脱胎

換骨，不但認真上課，更努力完成功課，縱使偶爾貪睡偷懶，也不忍心再責怪芯言。

芬尼老師轉身走到黑板前，説：「今天過後，大家就要迎接另一個階段，我祝願各位在成長路上能夠勇敢地、堅強地面對。」

在老師的祝福下完成了六年的小學生涯，同學們紛紛擁抱對方，然後在一片歡笑聲下交換紀念冊和禮物。芯言最後一次拉着芝芝踏出校園，在她們心中有着一種難以言喻的心情。

離開了學校，芯言和芝芝一如既往結伴回家。微風輕拂，夕陽用餘暉照着二人的臉容，小徑兩旁夾道而長的各種樹木灑滿絢麗的金光。

「林芝芝！」一把聲音突然從後傳來，芯言和芝芝立即回頭看個究竟。

「是隔壁班的鎔玥？」芯言輕聲説。

臉上掛着冷傲表情的鎔玥走向芝芝：「恭喜你取得全級第一！」

「鎔玥，我跟你的總成績只差一點點而已……」芝芝顯得有點緊張。

「鎔玥，你也取得全級第二，該不會不服氣吧？」芯言説。

「我不是來找麻煩的！」鎔玥沒有理會芯言，換上

笑臉對芝芝說，「不知怎的，每次見到你都會有一種奇怪的感覺。」

「我也有同感，彷彿跟你認識了很久。」芝芝用力點頭。

「我們從一年級就同校，當然認識了很久，只是你從前沒理睬我吧！」

「不是的，我只是……」芝芝連忙揮手搖頭道。

「芝芝只不過是比較害羞……」芯言插嘴說，卻被鎢玥打斷。

「我才沒有在意呢！」鎢玥聳聳肩便轉身離去。

「鎢玥，聽說我們入讀了同一間中學！」芝芝叫住鎢玥。

「那麼，新學期再與你較量吧！」鎢玥回頭掀起自信的笑容。

「她沒看到我嗎？難道我是透明的？還是她自以為是得連眼睛也出了毛病？」芯言撐着腰，滿腔怒火地說。

「別介意了！」芝芝最喜歡看到芯言鼓起腮幫子的傻氣樣子。

「才沒有！」芯言一下子回復燦爛的笑臉，她拿出手提電話，「來吧！我們來自拍一張畢業照片啦！」

「不要拍得我太胖啊！」芝芝笑說。

「咔！」

就在攝下照片的一瞬間，一個身影在屏幕上閃現，芯言本能地往後望，卻看不到半個人影。

芝芝檢視照片，一臉疑惑地道：「這個不就是半年前才退學，跟他爸爸旅居外地的男生？」

「哦，那個總是在課堂上睡覺的……」芯言瞪大眼睛，照片內的柏宇看起來帶點調皮，卻比從前多添幾分帥氣，「高柏宇！」

「對啊！」一把熟悉的聲音傳來，高大的身影直直站在芯言跟前，「幸好你還記得我！」

芯言抬起頭，雙眼迎上那琥珀色的深邃瞳孔，她的心跳一下子飛快地加速。

「嗚嗚──嗚嗚──」這時，一陣笛響聲由遠而近傳至，感覺就像有列車即將駛近。

芝芝以為是自己眼花，脫下眼鏡不斷揉着雙眼，她不敢相信的望着從半空迎面而來的火車。

「這是……是什麼？」芯言嚇得張大嘴巴，差點說不出話來。

「是魔幻列車！魔法學校即將舉辦暑期魔法特訓班，是難得的機會啊！」柏宇答道。

「魔幻列車？是……魔法嗎？」芝芝訝異地問。

「上來吧，我慢慢跟你們解釋！」柏宇踏上魔幻列

車，向芯言伸出手。

　　不知怎地，一種熟悉而溫暖的感覺掩蓋所有疑慮，芯言與芝芝相視微笑，不再細想便跟隨柏宇一起踏上魔幻列車。

　　「你們別想拋下我啊！」剛走遠了的鎐玥突然折返，毫不客氣地跳上飄灑着金色閃粉的車廂。

　　「好像還欠一個人……」芝芝歪着頭，努力地思考着，「怎麼我會有這種感覺？」

　　「出發了！」柏宇笑說，「下一站是波拉蘭國！」

　　「是希比！」鎐玥激動地大叫。

　　「我也記起來了！」芝芝感動地笑說。

　　「你這個討厭鬼！」芯言心頭一顫，她望着柏宇熟悉的笑臉，眼淚像缺堤一樣滾滾傾瀉而下。

　　「你仍然是愛哭的遲鈍怪！」柏宇溫柔地拭去芯言的眼淚，「但我可真是非常想念你。」

　　「嗚嗚──」

　　魔幻列車，全速前進！

後記

呼！終於排除萬難，成功拯救魔幻國了！這一集的登場人物特別多，以往曾出場的角色都嚷着要再次露面。沒辦法呢，我對所有角色都愛不釋手！喜歡這個故事的你們對結局感到滿意嗎？

一連六集的《星之魔法少女》迎來謝幕，感覺就像一直陪伴着芯言、柏宇等人，越過重重考驗，看着大家在追尋目標的過程中認清自我，更找到最珍貴的友誼，現在彷彿就要跟我揮手道別，此刻心裏有點感動也有點不捨。

記得從前很喜歡追看連載小説，看完每一集後總會猜測下一集的劇情發展，然後默默地等待着答案。縱使猜中的少，猜錯的多，但毫

不減退我追看的熱情。有一次，我等來等去也等不到下集的消息，才發現原來並不是每一部小說都能等到結局的出現，現實中太多不同的因素令連載故事無疾而終，也許這就是一些生活中的遺憾吧。《星之魔法少女》最後可以順利完結，在此特別感激所有為這本書付出過心力的編輯、畫師和出版團隊。對於一位作者來說，能夠有始有終完成一套作品絕對是一件非常幸福的事情。

　　希望這個故事會在你的成長路上出現一些啟發，讓你能順利通過勇氣、友誼、愛心、堅毅的考驗，向着人生另一個階段邁進！

車人

星之魔法少女 6

宿命之戰

作　　　者：車人

繪　　　圖：蕭邦仲

責任編輯：林沛暘

美術設計：李成宇

出　　　版：新雅文化事業有限公司

　　　　　　香港英皇道499號北角工業大廈18樓

　　　　　　電話：（852）2138 7998

　　　　　　傳真：（852）2597 4003

　　　　　　網址：http://www.sunya.com.hk

　　　　　　電郵：marketing@sunya.com.hk

發　　　行：香港聯合書刊物流有限公司

　　　　　　香港荃灣德士古道220-248號荃灣工業中心16樓

　　　　　　電話：（852）2150 2100

　　　　　　傳真：（852）2407 3062

　　　　　　電郵：info@suplogistics.com.hk

印　　　刷：中華商務彩色印刷有限公司

　　　　　　香港新界大埔汀麗路36號

版　　　次：二〇二一年三月初版

ISBN : 978-962-08-7725-4